副刊文丛 一

主编 李辉 王刘纯

丽宏读诗

赵丽宏 著

中原出版传媒集团
中原传媒股份公司
大象出版社
·郑州·

图书在版编目(CIP)数据

丽宏读诗 / 赵丽宏著.— 郑州 ：大象出版社，
2019. 12
(副刊文丛 / 李辉，王刘纯主编)
ISBN 978-7-5711-0419-1

Ⅰ. ①丽… Ⅱ. ①赵… Ⅲ. ①古典诗歌-诗歌欣赏-
中国 Ⅳ. ①I207. 22

中国版本图书馆 CIP 数据核字(2019)第 259813 号

丽宏读诗

LI HONG DU SHI

赵丽宏 著

出 版 人 王刘纯
项目统筹 李光洁 成 艳
责任编辑 贠晓娜
责任校对 万冬辉
封面设计 段 旭
内文设计 杜晓燕

出版发行 大象出版社(郑州市郑东新区祥盛街 27 号 邮政编码 450016)
发行科 0371-63863551 总编室 0371-65597936
网 址 www.daxiang.cn
印 刷 北京汇林印务有限公司
经 销 各地新华书店经销
开 本 787 mm×1092 mm 1/32
印 张 9.75
字 数 128 千字
版 次 2019 年 12 月第 1 版 2019 年 12 月第 1 次印刷
定 价 46.00 元

印厂地址 北京市大兴区黄村镇南六环磁各庄立交桥南 200 米(中轴路东侧)
邮政编码 102600 电话 010-61264834

“副刊文丛”总序

李 辉

设想编一套“副刊文丛”的念头由来已久。

中文报纸副刊历史可谓悠久，迄今已有百年。副刊为中文报纸的一大特色。自近代中国报纸诞生之后，几乎所有报纸都有不同类型、不同风格的副刊。在出版业尚不发达之际，精彩纷呈的副刊版面，几乎成为作者与读者之间最为便利的交流平台。百年间，副刊上发表过多少重要作品，培养过多少作家，若要认真统计，颇为不易。

“五四新文学”兴起，报纸副刊一时间成为重要作家与重要作品率先亮相的舞台，从鲁迅的小说《阿Q正传》、郭沫若的诗歌《女神》，到巴金的小说《家》等均是在北京、上海的报纸副刊上发表，从而产生广泛影响的。随着各类出版社雨后春笋般出现，杂志、书籍与报纸副刊渐次形成三足鼎立的局面，但是，不同区域或大小城市，都有不同类型的报纸副刊，因而形成不同层面的读者群，在与读者建立直接和广泛的联系方面，多年来报纸副刊一直占据优势。近些年，随着电视、网络等新兴媒体的崛起，报纸副刊的优势以及影响力开始减弱，长期以来副刊作为阵地培养作家的方式，也随之隐退，风光不再。

尽管如此，就报纸而言，副刊依旧具有稳定性，所刊文章更注重深度而非时效性。在新闻爆炸性滚动播出的当下，报纸的所谓新闻效应早已滞后，无法与昔日同日而语。在我看来，唯有副刊之类的版面，侧重于独家深度文章，侧重于作者不同角度的发现，才能与其他媒体相抗衡。或者说，只有副刊版面发表的不太注重新闻时效的文章，才足以让读者静下心，选择合适时间品茗细读，与之达到心领神会的交融。这或许才是一份报纸在新闻之外能够带给读者的最佳阅读体验。

1982 年自复旦大学毕业，我进入报社，先是编辑《北京晚报》副刊《五色土》，后是编辑《人民日报》副刊《大地》，长达三十四年的光阴，几乎都是在编辑副刊。除了编辑副刊，我还在《中国青年报》《新民晚报》《南方周末》等的副刊上，开设了多年个人专栏。副刊与我，可谓不离不弃。编辑副刊三十余年，有幸与不少前辈文人交往，而他们中间的不少人，都曾编辑过副刊，如夏衍、沈从文、萧乾、刘北汜、吴祖光、郁风、柯灵、黄裳、袁鹰、姜德明等。在不同时期的这些前辈编辑那里，我感受着百年之间中国报纸副刊的斑斓景象与编辑情怀。

行将退休，编辑一套“副刊文丛”的想法愈加强烈。尽管面临新媒体的挑战，不少报纸副刊如今仍以其稳定性、原创性、丰富性等特点，坚守着文化品位和文化传承。一大批副刊编辑，不急不躁，沉着坚韧，以各自的才华和眼光，既编辑好不同精品专栏，又笔耕不辍，佳作迭出。鉴于此，我觉得有必要将中国各地报纸副刊的作品，以不同编辑方式予以整合，集中呈现，使纸媒副刊作品，在与新媒体的博弈中，以出版物的形式，留存历史，留存文化，便于日后人们借这套丛书领略中文报纸副刊（包括海外）曾经拥有过的丰富景象。

“副刊文丛”设想以两种类型出版，每年大约出版二十种。

第一类：精品栏目荟萃。约请各地中文报纸副刊，挑选精品专栏若干编选，涵盖文化、人物、历史、美术、收藏等领域。

第二类：个人作品精选。副刊编辑、在副刊开设个人专栏的作者，人才济济，各有专长，可从中挑选若干，编辑个人作品集。

初步计划先从20世纪80年代开始编选，然后，再往前延伸，直到“五四新文学”时期。如能坚持多年，相信能大致呈现中国报纸副刊的重要成果。

将这一想法与大象出版社社长王刘纯兄沟通，得到王兄的大力支持。如此大规模的一套“副刊文丛”，只有得到大象出版社各位同人的鼎力相助，构想才有一个落地的坚实平台。与大象出版社合作二十年，友情笃深，感谢历届社长和编辑们对我的支持，一直感觉自己仿佛早已是他们中间的一员。

在开始编选“副刊文丛”过程中，得到不少前辈与友人的支持。感谢王刘纯兄应允与我一起担任丛书主编，感谢袁鹰、姜德明两位副刊前辈同意出任“副刊文丛”的顾问，感谢姜德明先生为我编选的《副刊面面观》一书写序……

特别感谢所有来自海内外参与这套丛书的作者与朋友，没有你们的大力支持，构想不可能落地。

期待“副刊文丛”能够得到副刊编辑和读者的认可。期待更多朋友参与其中。期待“副刊文丛”能够坚持下去，真正成为一套文化积累的丛书，延续中文报纸副刊的历史脉络。

我们一起共同努力吧！

2016年7月10日，写于北京酷热中

目 录

自序 1

池塘生春草 1
黄鹤楼 4
独钓寒江雪 7
美人之美 10
诗中茶味 13
芦苇叹 17
幽静 21
千岁之忧 24
永恒 27
孤独 30

花非花 34
竹魂 37
说荷 40
欲飞 43
锦瑟 47
秋波 51
松风 54
绝唱 57
莼鲈之思 61
风雪夜归人 65
诗和琴 69
玉谿生之谜 73
江城子 77
杜甫和竹 81
《八至》和六言 84
观沧海 88
墨梅清气 92
人生如雁 96

可怜贾岛 99
读书之乐 103
人去鸿飞 107
欲语泪先流 111
唐人咏梅 115
梅花天地心 119
守岁 123
黄山谷和水仙 127
光明元宵 132
在苦难中歌吟 136
慈母和游子 140
杜鹃啼血 144
冷翠烛下人鬼情 148
弦管暗飞声 152
江畔独步寻花记 156
蛙鼓声声 160
怎一个愁字了得 164
古人咏柳 168

战城南 172

野渡无人 176

参星和商星 180

杜牧之叹 184

饮中八仙 188

风流绝代说薛涛 193

相思渺无畔 198

促织之鸣 202

诗人与河豚 206

悠然见南山 211

流水和白驹 215

白云苍狗 218

天香云外飘 222

与时间论道 226

逢秋不悲 231

天净沙 234

清夜无尘 237

人生之根 240

点金成铁 244

红豆诗 249

片时春梦行千里 253

白居易说梦 256

怀念雪 260

莫说宋诗味如蜡 264

除夕诗意 268

爆竹、屠苏和桃符 272

李杜双星会 276

早春消息 281

春在溪头荠菜花 285

依依别情 289

自序

2007年，我在上海《新民晚报》“夜光杯”副刊开了一个专栏，写的是阅读古诗的心得，每周一篇。这本非我专长，然而自识字以来一直对中国古典诗词有浓厚兴趣，以我的阅读积累和体会，本来准备写一年，没想到竟写了两年，有了一百篇，远超出我的计划。

写这些关于古诗的文字，对我来说是一件很愉快的事。写作过程中，撩动了很多童年和少年时代的阅读往事。那时曾经背诵的大量唐诗宋词，成为记忆库藏中的珍宝，岁月无法使之黯淡，人生的曲折和磨难无法使之丢失。写这些文字的过程，是回忆的过程，是回味和思考的过程，也是重新诵读和学习的过程。这过程无比美妙。我一边写，一边情不自禁地感慨，为我们的美妙汉字，为我们博大精美的中国文学。中国人在三千多年前就开始用诗歌叙事抒情，表达对世界和生命的认识，那些音韵悠扬、节奏铿锵的文字，是人类智慧和情感的美妙结晶，也是心灵的花朵，它们在天地之间粲然绽放，永不凋谢。只要我们还在使用汉字，它们的魅力和生命力就不会消失。在浩瀚幽深的中国古典诗词的海洋边，我的这些文字，只是几簇浪花，几圈涟漪。读者能通过我的文字领略到这片汪洋的辽阔和美妙，就是我莫大的欣慰了。

李辉兄主编“副刊文丛”，将我这些专栏文章选编成集，题书名为《丽宏读诗》。能加入这套文丛，使这些文章又多一次和读者见面的机会，深以为幸。

2019 年清明时节于四步斋

池塘生春草

池塘生春草，园柳变鸣禽。

这是南朝诗人谢灵运的名句。尤其是前面那一句“池塘生春草”，几乎成了后人称呼谢灵运的代名词。李白诗云：“梦得池塘生春草，使我长价登楼诗。”元好问的评价更绝：“池塘春草谢家春，万古千秋五字新。”

以现代人的眼光来看，“池塘生春草”，似乎意境平常，文词也浅显直白，为什么会成为千古名句？

在古代诗人们心目中，这五个字简直是天才的发现和创造，是最奇妙的春天写照。“万古千秋五字新”，新在哪里？很显然，在谢灵运之前，没有人这样描绘形容过春天。《诗经》中这样写春色：“春日迟迟，卉木萋萋，仓庚喈喈，采蘩祁祁。”也写了草木池塘、莺雀啼鸣，那是直接的描写，有声有色，能让人感觉到漾动的春光。汉乐府中描写春光的佳句也不少，晋代乐府中，有这样的句子：“阳春二三月，草与水色同。”这和谢灵运的“池塘生春草”，可谓异曲同工。可是，为什么谢灵运的诗句被抬得如此之高？我想，谢灵运这句诗的妙处，大概正是因为以直白朴素的文字，道出了乡村里目不识丁的童叟都能感知的春天景象，而这样的诗句，比很多文人挖空心思比喻描绘更能令人产生共鸣。我在农村生活多年，可以想象这样的诗意。春暖时，湖泊和池塘因为水草的繁衍，水色变得一片青绿，春愈深，水面愈绿，待到水畔的芦苇、茭白，水面的浮萍、荷叶、水葫芦等植物渐渐繁茂时，冬日波光冷冽的水面，就变成了一片绿意盎然的草地。“池塘生春草”正是这样的景象。谢灵运这句诗，妙在把水面比喻成了草地，而且妥帖形象至极。这样的景象，虽然年年重复，然而天地间的春色永远新鲜，面对繁衍在水上的一派绿色春光，诗人们很自然便想起谢灵运的“池塘生春草”来。

（2006 年 4 月 20 日）

黄鹤楼

《唐诗三百首》中，把崔颢的《黄鹤楼》列在七律之首。

昔人已乘黄鹤去，此地空余黄鹤楼。黄鹤一去不复返，白云千载空悠悠。晴川历历汉阳树，芳草萋萋鹦鹉洲。日暮乡关何处是？烟波江上使人愁。

李白当年登黄鹤楼，本想写诗，但看到崔颢题在墙上的这首诗，便甩笔作罢，留下“眼前有景道不得，崔颢题诗在上头”的感叹，成为诗坛佳话。狂傲的李太白，居然也有甘拜下风的时候。李白不会说违心话，他当然是真心佩服崔颢。

清人孙洙编《唐诗三百首》，把崔颢的《黄鹤楼》放在七律的首篇，其实并非自作主张，宋人严羽的《沧浪诗话》中便有评价：“唐人七言律诗，当以崔颢《黄鹤楼》为第一。”这是古人的公认，后人没有异议。崔颢的这首诗，确实是千古绝唱。现代人读这首诗，也能体会它的妙处。从神话到现实，从历史的远景到眼前的风光，意境开阔曲折，望云思仙，鹤影杳然，游子情怀化作烟波江上云之悠悠，景色和情思都令人神往。而此诗用词通俗，一如口语，诵读一两遍便能背诵。

其实，李白的诗中也多次写到黄鹤楼，脍炙人口的有两首。一首是《黄鹤楼送孟浩然之广陵》：“故人西辞黄鹤楼，烟花三月下扬州。孤帆远影碧空尽，唯见长江天际流。”另一首为《与史郎中钦听黄鹤楼上吹笛》：“一为迁客去长沙，西望长安不见家。黄鹤楼中吹玉笛，江城五月落梅花。”这些和黄鹤楼有关的诗，也都已成为流传很广的唐诗。

如果没有诗人们的歌咏，长江边的这座古楼也许早就不留踪迹。古时战祸频仍，黄鹤楼屡建屡毁，古代的最后一座黄鹤楼被毁于1884年，此后百年未建。世世代代的中国人都读《黄鹤楼》，然而见过黄鹤楼的人并不多，人们只能通过诗歌来想象它。二十多年前，武汉在长江边新建了黄鹤楼，从电视和图片中看，那是一座雄壮巍峨的巨楼，但和崔颢、李白诗中的黄鹤楼，大概没有多少关系了。

（2006年4月27日）

独钓寒江雪

多年前在柳州拜谒柳宗元的墓。站在这位颇有传奇色彩的诗人墓前，我脑中涌现的是他的《江雪》：

千山鸟飞绝，万径人踪灭。
孤舟蓑笠翁，独钓寒江雪。

在中国的古诗中，我以为这首诗属于精华中的精华。寥寥二十个字，却勾勒出阔大苍凉的画面：飞鸟绝迹的群山，渺无人迹的古道，一切都已被皑皑白雪覆盖。那是空旷寂寥的世界，荒凉得让人心里发怵。然而这只是画面中的远景，还有近景：冰雪封锁的江中，一叶扁舟凝固，舟上，一渔翁身披蓑衣，头戴斗笠，手持钓竿，淡然若定，凝浓如雕塑。寂静中，这弥漫天地的冰雪世界，竟被小小一支渔竿悄然钓定……这是怎样的境界？寂静、辽远、神奇、天地交融、天人合一，却又是无法复述的孤独怅然。失意忧愤的诗人，面对清寒世界，以最简洁的语言表达出孤傲和怆然。空灵孤寂之中，蕴含多少忧思和深情，任你遐想，一百个人也许会有一百种不同的联想。

柳宗元写《江雪》是在被贬永州之时，心情苦闷压抑。一个永不愿人云亦云的诗人，就用这样洁净的文字宣泄自己的感情，看似纯然写景不动声色，实则意蕴万千，冰雪底下涌动着激情的血液。

不少后人曾模仿柳宗元，试图用不同的文字和句式再现《江雪》的画面和境界，但和柳宗元的那二十个字比较，便显得轻浮无力。譬如有这样的长对，“一蓑一笠一髯翁一丈长竿一寸钩，一山一水一明月一人独钓一海秋”，文字很巧妙，对仗工整，也很有趣，然而《江雪》的阔大苍凉，还有那种惊心动魄的悲壮，在这些精巧的文字中是一点也找不到了。

一个诗人，能有这样一首奇妙的诗传世，就是了不起的诗人。

（2006 年 5 月 11 日）

美人之美

女性之美，在诗人的笔下常写常新。

最早描写美女的诗，出现在《诗经》中："手如柔荑，肤如凝脂，领如蝤蛴，齿如瓠犀，螓首蛾眉，巧笑倩兮，美目盼兮。"从手、皮肤、脖子、牙齿、头发、眉毛，写到眼睛和笑容，是一幅文字的美女工笔画。这样细致的描写，美则美矣，但读起来有点肉麻。汉代《古诗十九首》中，有简洁的写法："燕赵多佳人，美者颜如玉。"晋人傅玄，以花比美人："美人一何丽，颜若芙蓉花。"

我以为这是更高明的赞美，给人较多想象的空间。而汉代李延年《北方有佳人》中的“一顾倾人城，再顾倾人国”，竭尽夸张之能事，却被大家接受，“倾国倾城”竟成为中国人对女性美貌的最高赞语。曹植有《美女篇》，细腻的描绘和《诗经》中浓艳的笔墨颇相似：“攘袖见素手，皓腕约金环。头上三爵钗，腰佩翠琅玕。明珠交玉体，珊瑚间木难。罗衣何飘飘，轻裾随风还。顾盼遗光采，长啸气若兰。”这也是浓墨重彩的美女画。而曹植的《洛神赋》，大概是古今中外颂美女诗的巅峰之作，其夸张绮丽和浪漫大胆，让人惊叹。此诗太长，不过可以引几句作鼎脔之尝：“仿佛兮若轻云之蔽月，飘飘兮若流风之回雪。远而望之，皎若太阳升朝霞。迫而察之，灼若芙蕖出渌波……”这样的美女，人间难寻，所以只能是神话人物。

唐诗中出现的美女，描写时就要含蓄许多。白居易在《长恨歌》中写杨玉环之美，只用了两句：“回眸一笑百媚生，六宫粉黛无颜色。”虽然是间接的描写，却写出了贵妃的倾城倾国之美色。李白写美女西施，也有妙语："秀色掩今古，荷花羞玉颜。浣纱弄碧水，自与清波闲。皓齿信难开，沉吟碧云间。"明代诗人张潮说："所谓美人者，以花为貌，以鸟为声，以月为神，以柳为态，以玉为骨，以冰雪为肤，以秋水为姿，以诗词为心，吾无间然矣。"这可以看作对历代诗人颂美的小结。

"闭月羞花，沉鱼落雁"这样赞美女性的妙语，是中国古代诗人们的独创，确实有想象力，比"倾国倾城"更艺术。在外国，诗人们也讴歌女性的美，那些描绘女性外形美的诗句，我以为很少有超过中国古诗中的那些描写，有拾人牙慧之感。所有和美有关的词语都已用过，能想到的比喻也几乎穷尽，还能怎么写呢？且看莎士比亚如何写美人："如果写得出你美目的流盼，用清新的韵律细数你的秀妍，未来的时代会说：这诗人撒谎，这样的美姿哪里会落在人间！"莎翁不愧为此中高手。

（2006 年 5 月 18 日）

诗中茶味

在淮海路上的一家茶叶店门口，曾看到有人用大字抄写卢仝的《七碗茶歌》：

一碗喉吻润，二碗破孤闷。三碗搜枯肠，唯有文字五千卷。四碗发轻汗，平生不平事，尽向毛孔散。五碗肌骨清，六碗通仙灵。七碗吃不得也，唯觉两腋习习清风生。

千余年前的古诗，出现在现代闹市，和时尚广告比肩，很有趣，也令人欣喜。

唐代诗人卢仝的这些诗句，其实是他《走笔谢孟谏议寄新茶》的一段，被后人抽出，成为流传最广的咏茶诗。卢仝的诗写得通俗，把饮茶的妙处写到了极致，这是艺术的夸张。虽然是他个人的感受和遐想，却让很多爱茶者心生共鸣。后来有不少人在诗中呼应他，苏东坡有“何须魏帝一丸药，且尽卢仝七碗茶”，杨万里曰“不待清风生两腋，清风先向舌端生”。尽管两位诗人的名声比卢仝大得多，然而论咏茶，家喻户晓的还是卢仝的《七碗茶歌》。

中国古诗中，写酒的篇章很多，诗和酒似乎密不可分，文人无酒不成诗。写茶的诗其实也不少，但流传广泛的名篇不多。不过如果仔细读唐宋诗词，和茶有关的佳作俯拾皆是，诗人们把茶的种、采、焙，种种喝茶的方式和境界都写到了诗中。杜甫曰：“落日平台上，春风啜茗时。”白居易曰：“食罢一觉睡，起来两碗茶。”韦应物有《喜园中茶生》：“洁性不可污，为饮涤尘烦。此物信灵味，本自出山原。聊因理郡余，率尔植荒园。喜随众草长，得与幽人言。”面对自家庭院里的茶树，一面品茗，一面想象山野景象，如与性情高洁的佳人促膝谈心，那是何等诗意。宋代文人咏茶的诗词特别多，苏东坡有《西江月》：“龙焙今年绝品，谷帘自古珍泉，雪芽双井散神仙，苗裔来从北苑。汤发云腴酽白，盏浮花乳轻圆，人间谁敢更争妍，斗取红窗粉面。”那种雅致，令人神往。他还有一首《汲江煎茶》，很细致地描绘如何煎茶：“活水还须活火烹，自临钓石汲深清。大瓢贮月归春瓮，小杓分江入夜瓶。雪乳已翻煎处脚，松风忽作泻时声。枯肠未易禁三碗，卧听山城长短更。”范仲淹的长诗《斗茶歌》，也是流传很广的咏茶诗，把武夷山区的斗茶习俗写得活灵活现。我尤其喜欢诗中最后几句：“不如仙山一啜好，泠然便欲乘风飞。”

说到茶诗，有一首诗必须提一下，那是唐诗人元稹的《茶》，在唐诗中，它的形态很独特：“茶。香叶，嫩芽。慕诗客，爱僧家。碾雕白玉，罗织红纱。铫煎黄蕊色，碗转曲尘花。夜后邀陪明月，晨前命对朝霞。洗尽古今人不倦，将知醉后岂堪夸。”如果分行排列，每行从一字到七字，状如宝塔。千年之后，追求形式感的现代派诗人也写过类似的文字，自以为独创，其实老祖宗早已做过尝试。

（2006 年 5 月 25 日）

芦苇叹

唐代诗人中，刘禹锡在我的心里有一种亲切感。年轻时，在崇明岛插队落户，我曾读到他写芦苇的《晚泊牛渚》："芦苇晚风起，秋江鳞甲生。残霞忽变色，游雁有余声。戍鼓音响绝，渔家灯火明。无人能咏史，独自月中行。"诗中描绘的景象和意境，当年曾引起我的共鸣。

我喜欢芦苇。这是我家乡崇明岛上最多的植物，它们曾陪伴我度过青春岁月中的那段苦涩时光。长江边那些高大的竹芦，河沟畔那些清秀的白穗苇，在我的眼里，都是多姿多情的朋友，在孤寂的日子里，它们给我带来快乐和安慰，引起我美妙的遐想。秋风中，大片盛开的芦花在晚霞里起伏，在月光下涌动，红如血，白如霜，凄美、悲凉，是生命的赞歌。而刘禹锡的诗，展现的就是此类情景，读来怎不令人心动？刘禹锡在另一首题为《西塞山怀古》的诗中，又一次写到芦苇："从今四海为家日，故垒萧萧芦荻秋。"芦苇在这首诗中，也是凄楚萧瑟的形象，让人联想起人生的漂泊、岁月的无情。

我曾经纳闷，古代诗人为何对芦苇视而不见？如此美妙的生命，似乎很少在他们的笔下出现。后来读古诗多了，发现原来自己孤陋寡闻。《诗经》中就有写芦苇的句子："蒹葭苍苍，白露为霜。"唐诗中，写芦苇的诗句也不少，如：贾岛"芦苇声兼雨，芰荷香绕灯"；韦应物"人归山郭暗，雁下芦洲白"；白居易"可知风雨孤舟夜，芦苇丛中作此诗"；贯休"芦苇深花里，渔歌一曲长"；齐己"寒涛响叠晨征橹，岸苇丛明夜泊灯”；许浑“横塘一别已千里，芦苇萧萧风雨多”。尽管芦苇在诗中一掠而过，但却是重要的意象，而且大多表现凄凉的景象，和芦苇作伴的是秋风秋雨，是长夜孤舟。诗人笔下出现芦苇，难道都是心情惆怅时？当然不是，王贞白曾以芦苇为题写过一首五言古风，写的是他在自己的庭院里种芦苇，“高士想江湖，湖闲庭植芦”，全诗二十行写他植芦、赏芦的闲适心情，虽然也有情趣，但我不太喜欢。芦苇应该野生，应该在水畔自由生长，在天地间展现生命的美丽和坚忍。岑参的诗中曾写到芦苇：“月色更添春色好，芦风似胜竹风幽。”这是我喜欢的句子。芦风，可以引发很多美妙联想。

遗憾的是，古诗中写初春野地芦芽的很少见。苏东坡的《惠崇春江晓景》脍炙人口，人们熟悉的是前两句：“竹外桃花三两枝，春江水暖鸭先知。”而我更喜欢后面那两句：“蒌蒿满地芦芽短，正是河豚欲上时。”苏东坡看到了芦芽。“芦芽短”虽只是三个字，却使我浮想联翩。写到这里，我的眼前便出现芦芽出土的景象，初春时分，解冻的河岸上，嫩红的芦芽悄然钻出泥土，在料峭寒风中，它们犹如春之宣言。

（2006 年 6 月 8 日）

幽　静

古人表现幽静的诗句，很值得玩味。在唐代之前，最出名的是南朝王籍的两句诗："蝉噪林逾静，鸟鸣山更幽。"以鸟啼蝉鸣反衬山林的幽静，确实是绝妙的手法，似乎悖论，仔细回味，却能从中品味出天籁声中的安宁。到唐代，出现了一位表现幽静的大师，他就是被人称为"诗佛"的王维。

"空山不见人，但闻人语响。返景入深林，复照青苔上。"王维这首题为《鹿柴》的五绝，意境比王籍的诗更空灵更幽雅，表现的是大自然的幽静和诗人的心静。他的《竹里馆》也是妇孺皆知的名篇："独坐幽篁里，弹琴复长啸。深林人不知，明月来相照。"这两首五绝，是唐诗中表现幽静的上乘佳作。诗中不仅展现了大自然的幽静，也表现了诗人内心的宁静。诗里诗外，流露的都是一派安谧的景象和恬静的心情。

王维的五言诗作中，那些表现幽谧宁静的诗句可以随手拈来："雨中山果落，灯下草虫鸣"；"夜静群动息，时闻隔林犬"；"古木无人径，深山何处钟"；"人闲桂花落，夜静春山空"；"涧芳袭人衣，山月映石壁"；"坐看苍苔色，欲上人衣来"；"夜坐空林寂，松风直似秋"；"谷静秋泉响，岩深青霭残"；"夜静群动息，蟪蛄声悠悠"。这些诗句有画面，有声音，有色有光，有风有雨，但读者的感觉都是大自然的幽静和诗人内心的宁静。果坠、花落、风过、雨飞，以动衬托静；虫唱、犬吠、钟鸣、泉响，以声凸显静。这是王维的高明，是大师手笔。表现幽静却难得用静字，诗中出现的都是天地间人人可以观察，可以感知的画面和形象。苏东坡推崇王维，说他“诗中有画，画中有诗”，这是绝妙的评论。

王维的诗中，有小静，也有大静。如果说，“明月松间照，清泉石上流”“松风吹解带，山月照弹琴”这样的诗句，表现的是精致清淡的小静，那么，“秋天万里净，日暮澄江空”“大漠孤烟直，长河落日圆”，表现的就是辽远开阔的大静。从王维的眼里看出去，人世百态、世间万物都可以是清幽静谧的状态，这其实是他的一种心境。他诗中描绘的画面，现在还能在大自然中见到，然而对一个匆匆赶路的游人，或者是一个心思烦乱的过客，大概是难以体会那一份幽静的。

（2006 年 6 月 22 日）

千岁之忧

“人生不满百，长怀千岁忧。昼短苦夜长，何不秉烛游！”少年时代读到《古诗十九首》中这几句诗，一辈子都无法忘记。人的生命短促，活过百年已是寿星人瑞，却还要担忧思考千年之后的事情。其实这正是人的智慧表现，人的理想、憧憬和创造力，很多由此产生。我想，这“千岁忧”，其实不仅指未来未知的时光，也是指已经远去的岁月，是指历史。孔子说的“往者不可谏，来者犹可追”，感慨的也是逝去和未来的时光。韩愈说得更夸张："人不通古今，马牛而襟裾。"如果只图眼前今日，昏然活着混着，不了解历史，没有理想，没有对未来的追寻和期望，那就和一般的动物无异了。

"昼短苦夜长，何不秉烛游"，也颇值得玩味。生命短促，而人生的很大一部分时间是黑夜，要在睡梦中度过。所以诗人发出"昼短夜长"的苦叹，让宝贵的生命耽留在昏睡之中，太浪费，太可惜，于是有了"秉烛夜游"的奇想。夜游干什么？你自己去想象，喝酒吟诗，看星赏月，探幽觅奇，继续白天在做的各种各样的事情……

如果我用上面的想法来解释这首流传千古的名诗，恐怕会遭很多古典文学专家嘲笑。因为，此诗的后半段，表达的意思和我的联想完全相悖。且看后面六句："为乐当及时，何能待来兹？愚者爱惜费，但为后世嗤。仙人王子乔，难可与等期。"

"常怀千岁忧"是一种人生态度，"为乐当及时"又是一种人生态度。在这首诗中，显然褒扬后者而贬低前者。人生匆匆，不必太忧虑与自身没有关系的“千岁”，及时行乐最要紧，因为生死无常，今天不知明天会发生什么，正如《古诗十九首》中另外两句所言：“人生忽如寄，寿无金石固。”这其实也是很多苦痛人生经验的总结吧。活着纵有再多的宏愿大志，眼睛一闭，都是无稽空想。“爱惜费”，大概是指守财奴，诗人认为这是“愚者”之为，只会被后人嗤笑。诗中虽没点明，但这“爱惜费”，应是和“千岁忧”连在一起的。而那些凡人成仙长生不死的传说，只是缥缈云雾。

和音乐一样，一首含意丰富的诗，可能有多种解读，不同的人读，会产生不同的感想。有人从中读到人生无常须及时行乐，有人却想到生命可贵，想到怎样争分夺秒描画理想的图景。这正是此诗的奇妙之处。《古诗十九首》距今将近两千年，作者无名氏，也许经过很多人吟诵修改后定稿。今人解读，自由漫想，竟无岁月阻隔之感。

（2006 年 6 月 30 日）

永 恒

长江边，采石矶，有李白的墓。后世诗人凭吊李白墓后，留下无数诗篇，我印象深刻的是白居易的一首："采石江边李白坟，绕田无限草连云。可怜荒垄穷泉骨，曾有惊天动地文。"

白居易和李白生活的年代相隔不远，凭吊景仰的先人，有些伤感。也许，当年的李白墓，野草丛生，一派荒凉，白居易睹物生情，为李白鸣不平。他见过长安城外那些豪华的帝王陵寝，和简朴荒凉的诗人墓地相比，有天壤之别。当时皇家搜刮到的民脂民膏，很大一部分都用来建造皇陵，世人习以为常。我相信，白居易心里还有一层意思，没有说出口，尽管面前的诗人墓地只是一个荒冢，但人人都记得才华横溢的李太白，记得他的那些美妙诗篇。诗人的墓地是否豪华，是否能保存千古，其实没有什么关系，关键是“曾有惊天动地文”。诗人的生命，不在坟墓中，而在他创造的美妙文字中，他的诗活着，在被人吟咏传诵，他的生命就在延续。这样的永恒，比刻在石碑上的文字的生命力不知要强大多少。这样的情形，李白曾用两句诗形象深刻地表达过：“屈平词赋悬日月，楚王台榭空山丘。”

屈原生前为了获得楚王的信任，为了说服楚王采纳他“美政”的主张，忍辱负重，不屈不挠，不惜奉献自己的生命。而楚王生前高居宫堂，俯瞰众生，掌握着所有臣民的生杀大权，三闾大夫屈原，在他眼里不过是棋盘上一个可有可无的卒子，屈原的声音，也只是风过耳，不管是他的谏告，还是他的辞赋。然而千年之后，谁还记得楚王？屈原的诗，却一代又一代传下来，成为中国人智慧、情操和想象力的结晶。

白居易凭吊李白的这首诗中，用了“可怜”两字，我以为大可不必。可怜的不是李白，而是和李白同时代的那些曾经不可一世的权贵。后人陶醉在李白的诗篇中时，谁也不会去想念那些早已在地下化为泥土的昔日王公。

又想起莎士比亚的诗句，和李白有异曲同工之妙：

没有云石或王公们金的墓碑，
能够和我这些强劲的诗比寿；
你将永远闪耀于这些诗篇里，
远胜过那被时光涂脏的石头。

（2006年7月6日）

孤 独

孤独是一种人生状态，人人都可能体会这样的状态。有的人在孤独中顾影自伤，哀叹人生如梦；有的人在孤独中奋力思索，寻找精神的出路。孤独的境界是各种各样的，有胸怀大志的智者怀才不遇的孤独，也有行高于众的君子难随浊流的孤独。而诗人的孤独，比一般人的孤独更为经常。

“一弹再三叹，慷慨有余哀。不惜歌者苦，但伤知音稀”，这是《古诗十九首》中的感慨。歌者一唱三叹，慷慨激昂，却知音寥寥。这种孤独的境界，引起无数诗人的共鸣。再往古代去，屈原也是一个心怀忧戚的孤独者，“举世皆浊我独清，众人皆醉我独醒”，已经成为自认为具有高洁操守的孤独者的格言。

最让人感觉苍凉深刻的孤独，是陈子昂那首《登幽州台歌》：

前不见古人，
后不见来者，
念天地之悠悠，
独怆然而涕下。

古往今来，很多在热闹的人世间孤独行走、难觅知音的人，都把陈子昂当知己，诵读他的这首诗，仿佛感同身受。我曾听一位当代诗人在一个诗歌朗诵会上朗诵此诗，竟然读得泣不成声。其实，古代诗人中，如陈子昂这样具有英雄气概的孤独者，并不太多。陈子昂虽然才华横溢，抱负满怀，但生前却一直不如意，两次蒙冤入狱，最后死在狱中。但在他留下的诗篇中，很少有自怜自哀的表露，也没有沮丧沉沦的叹息，即便是孤独，也是慷慨陈词，激扬文字。他是一个屹立于天地间的伟岸男子。他的另一首《感遇》（其二十二）也是抒发孤独的情怀，境界之阔大，同样让人惊叹："登山望宇宙，白日已西暝。云海方荡潏，孤鳞得安宁。"陈子昂写《登幽州台歌》，起因还是怀才不遇，无法被人赏识理解。追求功业的挫折，使很多人沉沦颓丧，一蹶不振，而陈子昂却在孤独中发出了如此忧愤苍凉的叹息。这是诗人的声音，是游荡的诗魂流着泪在吟唱。

陈子昂的叹息，其实是有点夸张的。"前不见古人"吗？我就看见了一个，也许比他更孤独，更忧愤，那是屈原。"后不见来者"吗？陈子昂来不及看见，但后来者无数。就是在唐代，我们也能读到很多诗人在孤独中的咏叹。且听李白在敬亭山上独吟："众鸟高飞尽，孤云独去闲。相看两不厌，只有敬亭山。"李白同样抒写孤独寂寞的心情，却写出了人和自然间的一种亲切感，在人群中感觉的孤独，在独享天籁时获得了释放。杜甫也有很多写孤独的诗，如《登岳阳楼》，给人感觉孤独的同时，更多是愁苦的心情，因为联系自己的身世处境，读来更觉真切："亲朋无一字，老病有孤舟。戎马关山北，凭轩涕泗流。"同样是流泪，这泪水，和陈子昂的"独怆然而涕下"，境界大为不同。

（2006年7月20日）

花非花

古人在诗中时常写到杨花。杨花，其实不是花，而是杨树的种子，有白色的绒毛覆盖，春风吹拂时，杨花随风飘舞，如花絮飞扬。古人诗中写到杨花，大多是感叹人生飘零，表达怅惘和愁绪。如司空图《暮春对柳》："萦愁惹恨奈杨花，闭户垂帘亦满家。"愁和恨，就像漫天飞舞的杨花一样，哪怕关门锁户，它们还会飘飞进来，无法躲避。北魏时胡太后的《杨白花》有这样的诗句："含情出户脚无力，拾得杨花泪沾臆。”以杨花比喻人生的漂泊无定，宋人石悉的一首七绝写得最有趣：“来时万缕弄轻黄，去日飞球满路旁。我比杨花更飘荡，杨花只是一春忙。”杨花只是在春风里飘荡，而游子却终生在天地间漂泊。

杨花其实就是柳絮，杨花飞落到水中，在水面浮动，犹如浮萍。古人认为杨花落水便为浮萍，杜甫在《丽人行》中有名句，“杨花雪落覆白萍”，清人李渔在《闲情偶记》中说“杨花入水为萍，为花中第一怪事”，其实都是误解。

写杨花的诗词，在我记忆中印象最深刻的，是苏轼的《水龙吟·次韵章质夫杨花词》，这是一首吟咏杨花的妙词，其中有惊人的想象力，也写绝了人间情思。

似花还似非花，也无人惜从教坠。抛家傍路，思量却是，无情有思。萦损柔肠，困酣娇眼，欲开还闭。梦随风万里，寻郎去处，又还被、莺唤起。　不恨此花飞尽，恨西园、落红难缀。晓来雨过，遗踪何在？一池萍碎。春色三分，二分尘土，一分流水。细看来，不是杨花点点，是离人泪。

苏轼将杨花定位在“似花还似非花”，很巧妙，也比较准确，凸显了杨花的特点。而“花非花”便成为后人常引用的一个玄机暗藏的奇妙之词。在这首词中，苏轼把杨花比作美人，她正“随风万里”，梦寻相思情郎，花人糅合，意象自然天成，是绝妙的比喻。此词的下半阕，紧扣杨花议论抒情，写出一个相思中的女子孤独悲苦的心境。最惊心动魄的是最后那几句：“细看来，不是杨花点点，是离人泪。”雨后，天空中不见了杨花，它们落在水里，随波浮动，在相思女子的眼里，它们不是落花，不是浮萍，而是离别人伤心的眼泪。这样奇特的比喻，也许不能算是苏轼的新创，唐诗中曾出现过这样的诗句：“君看陌上梅花红，尽是离人眼中血。”然而读这阕《水龙吟》，还是佩服苏东坡之奇思妙想。在离人眼中，枝头红梅如血，落水杨花似泪，人间情痴，难有甚者。

（2006 年 7 月 28 日）

竹　魂

清代画家郑板桥，爱竹，画竹，写竹，简直就是竹的化身。他喜欢画清瘦的竹子，而他题在画上的那些咏竹诗，已成为中国古人咏竹诗篇中的经典。他的题竹诗中，有一首流传甚广：“乌纱掷去不为官，囊橐萧萧两袖寒。写取一枝清瘦竹，秋风江上作渔竿。”这是他人生和品性的自我写照，淡泊名利，不恋权位，喜欢过闲淡自由的生活。

板桥以竹自喻，表现性情的诗不少，譬如“未出土时先有节，纵凌云处也无心”“老老苍苍竹一竿，长年风雨不知寒。好叫真节青云去，任尔时人仰面看”。还有一首影响极大的名作：“咬定青山不放松，立根原在破岩中。千磨万击还坚劲，任尔东西南北风。”这些咏竹诗，超凡脱俗，表现出高洁清雅的品格。板桥做过官，职位不高，知县。做官对他来说并不是舒服的事，他关心百姓疾苦，却常因无法为百姓解难而愁苦。他曾在一首诗中这样写：“衙宅卧听萧萧竹，疑是民间疾苦声。些小吾曹州县吏，一枝一叶总关情。”灾荒之年，百姓饥寒交迫，板桥不畏权贵，为民请赈，得罪大吏，毅然辞官而去。“去官日，百姓痛哭遮留，家家画像以祀。”百姓的挽留和赞扬，是对板桥的最高奖赏。

郑板桥画的是“清瘦竹”，但他写竹的诗却未必都纤弱。再儒雅淡泊，也有慷慨激昂的时候。“我有胸中十万竿，一时飞作淋漓墨。为凤为龙上九天，染遍云霞看新绿。”十万新竹，如龙似凤，翔舞九霄，绿遍天涯，这诗中的景象，可谓气势浩荡。

不过，我还是喜欢郑板桥那些写得自然亲切、有情景画意的诗篇，如："春雷一夜打新篁，解箨抽梢万尺长。最爱白方窗纸破，乱穿青影照禅床。"春天新竹蓬勃生长的景象，被他描绘得活泼形象，诗句犹如动画，读来眼前一片青绿漾动。此诗令我联想起唐诗人韩翃咏竹的妙句："一片水光飞入户，千竿竹影乱登墙。"情景相似，意趣也接近，板桥诗则画意更浓。再如："疏疏密密复亭亭，小院幽篁一片青。最是晚风藤榻上，满身凉露一天星。""轩前只要两竿竹，绝妙风声夹雨声。或怕搅人眠不着，不知枕上已诗成。"在郑板桥的生活中，竹是密不可分的伴侣，亲密如情人，睡觉时，有竹陪着，写诗的灵感也来自竹子。他写过这样两句对联："咬定几句有用书，可忘饮食；养成数竿新生竹，直似儿孙。"爱竹如此，也是千古一绝。

有人说，郑板桥画出了竹的品格，竹成就了郑板桥的名声。郑板桥就是天地间一株奇竹，一缕竹魂。

（2006 年 8 月 3 日）

说 荷

荷是一种神奇的植物。天地间生灵的精致和美妙，在它们身上得到最生动的体现。童年时，是在古代诗词、中国画中认识荷花。最早背诵的关于荷花的诗，是杨万里的《晓出净慈寺送林子方》："毕竟西湖六月中，风光不与四时同。接天莲叶无穷碧，映日荷花别样红。"这也许是中国人最熟知的关于荷花的诗。在儿时的幻想中，荷花接天映日，浩荡如海，很有气势。那时，经常吃莲心和藕粉，吃用荷叶包扎的肉，虽没有机会观荷，却对荷有了亲切感。后来读到晋人的乐府："青荷盖绿水，芙蓉披红鲜。下有并根藕，上有并头莲。"这些诗句通俗如民谣，把荷的形态和特征描绘得形象生动。再后来熟读周敦颐的《爱莲说》，记住了那些歌颂莲荷的名句："出淤泥而不染，濯清涟而不妖，中通外直，不蔓不枝，香远益清，亭亭静植，可远观而不可亵玩焉。"

古人在诗中写到的荷和莲，其实是同一形象。

第一次仔细欣赏荷花，是在杭州的西湖。曲园风荷，是西湖十景之一。湖中的荷花，姿态和色彩，都让人赞叹不已，荷叶、荷花、莲蓬，各有道不尽的美妙，没有一片相同的荷叶，没有一朵相同的荷花，真正是巧夺天工的艺术品。西湖里的莲荷，虽没有"接天莲叶无穷碧"的气势，但荷叶那种悦目的碧绿，是湖畔别的植物所没有的。荷叶上滚动的露水，晶莹如珍珠。而荷花更是优雅多姿，红红白白，千娇照水。

写荷叶最有名的是宋人周邦彦《苏幕遮》中那几句："叶上初阳干宿雨，水面清圆，一一风荷举。"

荷花的优雅，用文字很难描述，花蕾初结，含苞待放，乃至盛开，各有不同的风韵。所谓“小荷才露尖尖角”“风流全在半开时”，写的就是不同时段的荷花。郭震的《莲花》也写得有意思：“脸腻香熏似有情，世间何物比轻盈。湘妃雨后来池看，碧玉盘中弄水晶。”

后来经常见到荷花，也见过村姑划着木盆和小船在荷花池中采摘莲蓬，每次都让我感觉惊喜。此类情景，古人的诗中有过很多生动的描绘、比喻和想象。描写采莲的古诗多不胜数，我喜欢王昌龄的《采莲曲》：“荷叶罗裙一色裁，芙蓉向脸两边开。乱入池中看不见，闻歌始觉有人来。”写得有声有色，有情趣有动感。现在的小学课本中，也有一首题为《江南》的乐府民歌，虽流传在千百年前，如今读来依然有趣：“江南可采莲，莲叶何田田。鱼戏莲叶间。鱼戏莲叶东，鱼戏莲叶西，鱼戏莲叶南，鱼戏莲叶北。”我的办公室墙上挂着画家石禅的一幅鱼戏荷花图，画面上正是诗中的景象。

（2006 年 8 月 10 日）

欲　飞

庄子是中国古代最伟大的浪漫主义诗人之一，他那些自由放浪、大胆不羁的想象，直到今天依然让人惊叹。

“昔者庄周梦为蝴蝶，栩栩然蝴蝶也……不知周之梦为蝴蝶与？蝴蝶之梦为周与？”庄周的这个梦是人类文学作品中记录得最奇妙的梦境之一。在梦中，庄子变成了蝴蝶，翩然飞舞于天空，对于走在地上的人来说，这是无比奇妙的感觉。然而庄周还有更奇妙的想法，这蝴蝶之梦，究竟是诗人梦中化蝶，还是蝴蝶梦中变成了诗人？这一问让人产生无尽联想。其中蕴藏的哲学玄机和人生禅味，两千多年来一直为人津津乐道。

飞翔是人类千年来的梦想。诗人常常在他们的诗中表现这样的理想，梦想自己变成飞鸟，梦想能腾云驾雾，乘风飞入太空。飞上天后干什么？当然要看看天堂的景象，而这样的景象，全凭诗人的想象。李贺有名作《梦天》，写的就是天上的奇景：

老兔寒蟾泣天色，云楼半开壁斜白。玉轮轧露湿团光，鸾佩相逢桂香陌。黄尘清水三山下，更变千年如走马。遥望齐州九点烟，一泓海水杯中泻。

李贺的《梦天》，从头至尾充满了诡异和怪诞，天宫的景象在他的诗中并非美妙完美，所有的描绘都给人凄冷悲凉的感觉。“老兔寒蟾”在灰暗的天色中哭泣，惨白的光芒斜照着半壁月宫。“玉轮轧露湿团光，鸾佩相逢桂香陌”两句，是写天宫的绮丽，玉轮碾过之处，荧光闪烁，每一滴露珠上都映射湿润的月光，仙人们迎面而过，能听到他们身上的玉佩叮当作响，能闻到风中的玉桂清芬。对天堂的描绘，也就到此为止。后面四句，是诗人对时空的怀想和感慨，人间的千年万载，在天上只是走马的瞬间；而在空中俯瞰人世，那广袤大地不过是几缕尘烟，浩瀚大海只是天仙的杯中之水，生命是何等渺小。我以为，这首诗中，最后那几句才是真正的绝唱。在地上，在人群中，很难产生如此缥缈阔大的奇想，只有思绪飞升到高天云霄，感觉自己已成天宫的一员，在九霄云外遥望人间，才可能写出这样的诗句。

李贺是中唐的诗坛奇才，被称为“诗鬼”。他因讳父名而断了仕进之路，一生抑郁不得志，只活了二十七岁。但他的诗歌却是唐诗中一座巍峨峻拔的奇峰。他诗中的悲凉情调，是发自内心的自然流露。生不逢时，人间无望，便幻想飞上天去寻求，天上其实更寂寥虚幻，就如李商隐所咏："嫦娥应悔偷灵药，碧海青天夜夜心。"也如苏东坡所叹："只恐琼楼玉宇，高处不胜寒。"然而李贺因为敢大胆梦想，才写出不朽的诗篇。他还有一首诗题为《天上谣》："天河夜转漂回星，银浦流云学水声。玉宫桂树花未落，仙妾采香垂珮缨。秦妃卷帘北窗晓，窗前植桐青凤小。王子吹笙鹅管长，呼龙耕烟种瑶草。粉霞红绶藕丝裙，青洲步拾兰苕春。东指羲和能走马，海尘新生石山下。"这首诗把梦入天宫的景象写得更加具体，更加波谲云诡、扑朔迷离，今人吟读，仍会惊叹于他的奇思妙想。

（2006年9月1日）

锦 瑟

唐代的诗人中，李商隐是与众不同的，他用自己的曼妙曲折的诗句，为读者构筑出一座座神秘的迷宫。

李商隐的诗，绮丽飘忽，意象奇特，诗句中隐藏着无人能破解的故事和情感。他那些朦胧幽深的《无题》，千百年来使无数诗人和读者迷醉猜测，在他绵密的文字中寻寻觅觅，但觉山重水复，声色斑斓，那些用典故和独特意象构织成的诗句，尽管费解，但给人美妙的感觉。李商隐的作品中，影响最大的，大概是那首七律《锦瑟》：

锦瑟无端五十弦，一弦一柱思华年。
庄生晓梦迷蝴蝶，望帝春心托杜鹃。
沧海月明珠有泪，蓝田日暖玉生烟。
此情可待成追忆，只是当时已惘然。

这是一首奇诗，是一个无法解开的谜。古往今来，多少人解释这首诗，揣度这首诗。有人认为此诗咏物，那物便是古琴，即锦瑟，诗中写的都是古曲境界；有人认为此诗怀人，是对一个恋人的思念，锦瑟可能是人名；有人认为此诗悼亡，是追忆一个已经离开人间的昔日情人；也有人认为此诗是作者自伤生平，是对人生的感慨，人生如琴瑟，旧曲歌罢，新曲又起，曲终人散，唯有怅惘的回忆。种种解读，似是而非，互相矛盾，却都有点道理。然而至今没有权威的解读可以说服众人。不过，即使无法清晰解释，这首诗的魅力一点也没有因此减弱，全诗字字珠玑，诗中的每一联诗句，都可以让人浮想联翩。那些用典故勾勒出的诗句，幽邃如精灵舞蹈，庄生梦蝶，杜宇化鹃，沧海珠泣，良玉生烟，神奇传说中，有浪漫的翔舞，有哀伤的冤魂。诗人写这些，要说明什么？你尽可以自由想象。

也许只有李商隐自己可以解释诗中的含意，可以说明隐藏在诗句中的故事，然而李商隐始终没有作过解释，他甚至不屑写一句说明。古人作诗，为了告诉读者写作的动机和背景，常常在诗前写一些题序，有时在题目中便作说明，李商隐却不喜欢这一套，不仅诗句隐晦，题目也不明确，《无题》是他的创造，《锦瑟》其实就是用诗的开首两字做题目，性质类似《无题》。金代诗人元遗山有《论诗绝句》：“望帝春心托杜鹃，佳人锦瑟怨华年。诗家总爱西昆好，独恨无人作郑笺。”前两句是赞美李商隐的诗，后两句是表达无法读通李商隐诗的遗憾。汉代郑玄笺注《诗经》，解决了很多《诗经》中的疑难问题，元遗山希望有人像郑玄笺注《诗经》一样注释李商隐的诗，表达了很多喜欢李商隐诗的人的愿望。曾有过不少企图为李商隐诗“解密”的人，也有人专门出了注解玉溪诗的书，然而最终还是没有被读者接受。

我想，读李商隐，还是不求甚解为好，能欣赏到那些诗句的曼妙，能感受到优美凄惘的境界，就可以了。何必一定要把一切都解释得明明白白呢？这就像现代人听德彪西，不同的人，尽可以根据自己的理解和心情欣赏他行云流水般的音乐，怎么理解，都是美妙的精神漫游。

（2006 年 9 月 7 日）

秋 波

秋波是什么？当然是秋水，是秋风中的湖波涟漪，清澈、漾动。然而在古人的诗中，这秋波却演变成了女人的眼神，所谓“眉如青山黛，眼似秋波横”。李贺《唐儿歌》中有“骨重神寒天庙器，一双瞳人剪秋水”的妙句，双瞳剪水，形容眼神的清澈。秋波的最早出处，是否就是李贺的这两句诗，我无法考证，但在这之后，指美女之眼为秋波、秋水者才逐渐多起来。

宋词的词牌名中，有“秋波媚”，又名“眼儿媚”，想来最初的词句，应是描写女人的媚眼，但后来的诗人用这个词牌创作时，写出来的却是完全不一样的内容。陆游写过很有名的一阕《秋波媚》："秋到边城角声哀,烽火照高台。悲歌击筑,凭高酹酒,此兴悠哉!

多情谁似南山月，特地暮云开。灞桥烟柳，曲江池馆，应待人来。"这样的慷慨悲歌，和女人的媚眼没有任何关系。

宋代才女朱淑真也写过《秋波媚》，那倒是一阕名实相符的词："迟迟春日弄轻柔，花径暗香流。清明过了，不堪回首，云锁朱楼。　　午窗睡起莺声巧，何处唤春愁。绿杨影里，海棠枝畔，红杏梢头。"读这样的词，给人的感觉是慵懒无聊，词中女子的眼神，恐怕难有秋水的清澈，只有昏昏欲睡的困倦和迷蒙。

现代人编的成语辞典中，有"暗送秋波"一词，将其出处归于苏东坡名下，其实有点牵强。苏东坡的诗，是引用《晋书·谢鲲传》中的一个典故："邻家高氏女有美色，鲲尝挑之，女投梭，折其两齿。"谢鲲挑逗正在织布的邻家美女，美女不领情，怒投以梭子，敲断了谢鲲的两颗门牙。苏东坡在他的诗中写到了那个狼狈的谢鲲：“佳人未肯回秋波，幼舆（指谢鲲）欲语防飞梭。”东坡名声大，他的诗中出现“秋波”，形容得也巧妙，被人广为传播很正常，其实未必是他首创，李贺的“一双瞳人剪秋水”，就比“佳人未肯回秋波”要早许多。

现代的成语“暗送秋波”，带着一点贬义，那意思是指暗中眉目传情，或者偷偷地献媚，不是正大光明的表情。这类眼神不清澈，也不美妙，这“秋波”，和女人的媚眼没有多少关系了。这样，人们便很少再用这两个字形容女人清澈美丽的眼神，对这个美妙的词来说，有点可惜。

（2006年9月14日）

松 风

二十多年前游黄山，在山上的小旅店过夜。那是一个无云的夜晚，星月清朗，踏着星光在旅店外的小径散步。小径边上，是一大片黑松林，月光为起伏的树冠镀上一片晶莹的银光，如雪压松影。突然起风，虽只是微风，却使路边的松树集体摇动，飒然作声。风似乎是从地下冒出，在松林里盘桓回旋，撼动了每一片枝叶，然后从松林中飘出，把我包裹。这风有点神奇，它仿佛挟带着松树的呻吟和呼喊，嘈杂而深沉，如潮汐之韵。这时，脑子里突然想起三个字:“风入松。”这是一个古琴曲的曲名，我没有听过这支古曲，此时听这月下松林传来的奇妙风声，觉得这就是《风入松》的韵律。如此奇妙的天籁之声，人类的乐器能重现它们吗？我很怀疑。

《风入松》相传是嵇康创作的古琴曲，后来成为词牌名。古人的诗中，常出现“松风”两字，也常常将这两个字和琴声联系，大概就是起源于此。我记忆中最熟悉的，是刘长卿的五绝《弹琴》：“泠泠七弦上，静听松风寒。古调虽自爱，今人多不弹。”还有王维的诗句：“松风吹解带，山月照弹琴。”李商隐的诗中也有类似句子：“欹冠调玉琴，弹作松风哀。”宋词中，也有松风和琴声的交会，如张抡《阮郎归》中的“松风涧水杂清音，空山如弄琴”，就是很传神的句子，松风和流泉之声交合，在山中回旋，整座空山犹如一挂巨大的古琴在鸣响。

有过黄山夜过松林的经历，对古诗中写到的松风，便有了形象的认识。其实，古人的诗中写到“松风”时，未必和琴声相连，那是对自然和天籁的描绘。在文人的眼里，松树是值得讴歌的形象，也是可以亲近的生命。譬如唐诗人裴迪的《华子岗》中有这样两句："日落松风起，还家草露晞。"诗中的"松风"和"草露"对应，写的是日常生活景象。李白的《下终南山过斛斯山人宿置酒》一诗，写到松风时颇带感情色彩："长歌吟松风，曲尽河星稀。我醉君复乐，陶然共忘机。"山间松风，居然值得诗人以"长歌"吟咏。

《清诗别裁集》中有清初诗人赵俞的七绝《溪声》："结庐何日往深山，明月松风相对闲。但笑溪声忙底事，奔流偏欲到人间。"读此诗，感到面熟，很自然想起李白的《山中问答》："问余何意栖碧山，笑而不答心自闲。桃花流水窅然去，别有天地非人间。"两首诗，韵同，意境也差不多。毫无疑问，这是赵俞模仿李白，不过，他用"松风"取代"桃花"，诗中的画面和色彩，翻出了一点新意。

（2006 年 9 月 21 日）

绝　唱

汉代无名氏的《上邪》是一首短诗，寥寥三十五个字，却使我看到过的所有爱情诗为之苍白失色：

上邪！我欲与君相知，长命无绝衰。山无陵，江水为竭，冬雷震震，夏雨雪，天地合，乃敢与君绝！

这是一个痴情女子对心上人的誓言：苍天啊！我要与你相知相爱白头到老，我们的爱情永不会衰退。除非巍巍高山变平地，滔滔江水干涸消失；除非冬日响起隆隆惊雷，夏天飘起鹅毛大雪；除非天空倾塌和大地聚合；否则我对你的情意就不会中断！

这就是山盟海誓。后来被人引用得烂熟的“海枯石烂不变心”之类的爱情誓词，源出于这首古诗。时隔两千年，今天读这些诗句，依然惊心动魄。这是汉代的民间诗歌，诗中以一个女子的口吻，向她所爱的男子表明心迹，人间的爱情竟然可以强烈坚决到如此，让人惊叹。

我想，这首没有留下作者姓名的爱情诗，作者也许不是一个人。一个痴情女子的激情夸张的誓言，被一个有心的文人记下，然后在民间流传，不断被人修改，最后成为中国古诗中爱情篇章的经典绝唱。

这首诗表达了一个女子对爱情坚贞不贰的决心，并没有描绘爱情如何美好。虽然写得轰轰烈烈，却有点不食人间烟火的气息，那种悲壮之态凛然不可亲近。和《上邪》差不多时期出现的古诗中也有表现爱情的，但风格完全不同。譬如苏武的《结发为夫妻》看似平淡，但表现的人间情爱朴实具体，因而深挚感人：

结发为夫妻，恩爱两不疑。欢娱在今夕，嬿婉及良时。征夫怀远路，起视夜何其？参辰皆已没，去去从此辞。行役在战场，相见未有期。握手一长叹，泪为生别滋。努力爱春华，莫忘欢乐时。生当复来归，死当长相思。

这首诗，也是以女子的感受为主体。丈夫从军赴战场，恩爱夫妻无奈分别。诗中写了相思之苦，但更为动人的，是妻子对未来的希望、对丈夫的期望和期待，“努力爱春华，莫忘欢乐时”，要爱惜生命，不要淡忘了昔日的恩爱。最动人的是收尾那两句“生当复来归，死当长相思”，活着便要争取归来相聚，死了也要永远互相思念。末句写到死，但全诗更多的是强调要为爱好好地活着，只有坚持活着，爱的期待才是有价值有意义的。

《古诗十九首》中第一首，也是写夫妻离别相思，诗中表现了类似的境界：

行行重行行，与君生别离。相去万余里，各在天一涯。道路阻且长，会面安可知？胡马依北风，越鸟巢南枝。相去日已远，衣带日已缓。浮云蔽白日，游子不顾反。思君令人老，岁月忽已晚。弃捐勿复道，努力加餐饭。

一个被相思之苦折磨的女子，最后竟喊出“弃捐勿复道，努力加餐饭”，似乎是无奈的自我安慰，其实是一种积极的态度：努力加餐，健康地活着，才可能等到夫妻团圆那一天。如此质朴实在的表白，在古诗中少见，却让读者为之感动。

我以为，“生当复来归，死当长相思”，“弃捐勿复道，努力加餐饭”，也是人间爱情的绝唱，和《上邪》的境界相比，并不逊色。

（2006年9月27日）

莼鲈之思

因为思乡，怀念家乡的美食，竟然辞官回乡，这是历史上真实的故事。张翰，字季鹰，吴江人。《晋书·张翰传》记载："翰因见秋风起，乃思吴中菰菜莼羹、鲈鱼脍，曰：'人生贵得适志，何能羁宦数千里以要名爵乎？'遂命驾而归。"这故事被世人传为佳话，"莼鲈之思"就成了思念故乡的代名词。

张翰是个才子，诗书俱佳，写江南的菜花，有"黄花如散金"之句。李白很佩服他，写诗称赞："张翰黄金句，风流五百年。”不过，张翰留名于世还是因为莼菜和鲈鱼。关于“莼鲈之思”，他自己有诗为证：“秋分起兮佳景时，吴江水兮鲈正肥。三千里兮家未归，恨难得兮仰天悲。”这是他在洛阳思念家乡时发出的慨叹。这“莼鲈之思”，后来有很多人在诗中提及，把思念故乡的情感和莼菜、鲈鱼联系在一起，确实诗意盎然。

唐人诗中，以莼菜、鲈鱼的典故表达思乡之情的作品很多。崔颢有七绝《维扬送友还苏州》：“长安南下几程途，得到邗沟吊绿芜。渚畔鲈鱼舟上钓，羡君归老向东吴。”白居易《偶吟》：“犹有鲈鱼莼菜兴，来春或拟往江东。”皮日休《西塞山泊渔家》：“雨来莼菜流船滑，春后鲈鱼坠钓肥。”元稹《酬友封话旧叙怀十二韵》：“莼菜银丝嫩，鲈鱼雪片肥。”有趣的是中国的“莼鲈之思”，在唐代竟然还传到了国外，当时的平安朝也就是今天的日本，他们的国君嵯峨天皇，拟张志和的《渔夫词》，写了如下诗句：“寒江春晓片云晴，两岸花飞夜更明。鲈鱼脍、莼菜羹，餐罢酣歌带月行。”这样的诗句，收入唐人诗集，并不逊色。

唐人热衷莼菜、鲈鱼，到宋代，诗人们似乎兴趣更浓。对张翰因思家乡美食而辞官返乡的举动，诗人们不仅理解，而且多加褒扬。辛弃疾的《水龙吟》中有名句：“休说鲈鱼堪脍，尽西风，季鹰归未。”苏东坡也有妙句：“季鹰真得水中仙，直为鲈鱼也自贤。”欧阳修为张翰写过很有感情的诗：“清词不逊江东名，怆楚归隐言难明。思乡忽从秋风起，白蚬莼菜脍鲈羹。”不少诗人因迷恋张翰“莼鲈之思”的典故，来江南感受莼菜、鲈鱼的美味，尽管这莼菜和鲈鱼的产地并非他们的家乡，但借题发挥，抒发一下思乡之情，也非常自然。如陈尧佐有“扁舟系岸不忍去，秋风斜日鲈鱼乡”，米芾有“玉破鲈鱼霜破柑，垂虹秋色满东南”，陆游有“今年菰菜尝新晚，正与鲈鱼一并来”。朱敦儒的《好事近·渔夫词》中有这样的描写：“失却故山云，索手指空为客。莼菜鲈鱼留我，住鸳鸯湖侧。”葛长庚的《贺新郎》更有意思：“已办扁舟松江去，与鲈鱼、莼菜论交旧。因念此，重回首。”去江南品尝一下莼菜、鲈鱼，在那时似乎成了文人的一种时尚。

莼菜和鲈鱼我也品尝过，两者其实很难同时吃到。莼菜状如荷叶幼芽，嫩滑爽口，并无特别的鲜味。我曾经和江南的朋友开玩笑说，喝下一碗莼菜羹，感觉是吃掉了一池荷叶。而张翰诗中所写的鲈鱼到底是什么滋味，我至今不能确定。鲈鱼的种类很多，有四鳃和二鳃之分，据说四鳃的鲈鱼现在已难得。我记忆中最美妙的，是一种被称为“土鯆鱼”，又称“塘鲤鱼”的小鱼，这种鱼据说也是鲈鱼的一种。三十多年前，我在太湖畔当学徒做木匠，吃过当地人用这种小鱼炖的鸡蛋，味道无比鲜美。在饥贫交迫的日子里，这是一道让我无法忘怀的美食。我想，张翰当年怀念的鲈鱼应该是这样的美味吧。

（2006 年 10 月 5 日）

风雪夜归人

中国的古诗中，最简洁凝练的是五绝，每句五字，四句一共才二十个字。现代人的文章，有喜欢写长句的，一句话就可以长到二三十字。而古人的这二十个字，却意蕴无尽，变幻无穷，可以描绘阔大的场面，可以抒发深邃的情感，可以情景交融，既画出色彩斑斓的风景，也勾勒出人物在画中的行动，甚至还有曲折跌宕的故事。这是汉字创造的奇迹，也是人类文学瑰宝中真正的钻石。

五言诗和七言诗相比，往往显得古淡简朴，很少秾纤铺张，节奏也徐缓铿锵，显出旷达和大气，而七言诗中很多充斥着浓艳繁复之风。

我赞美过柳宗元的《江雪》，现在再来说说另一首我喜欢的五绝，作者是唐代杰出的诗人刘长卿，诗题是《逢雪宿芙蓉山主人》：

日暮苍山远，天寒白屋贫。
柴门闻犬吠，风雪夜归人。

这是一幅有远景有近景有人物的画：远景，残阳如血，远山逶迤；中景，寒风中简陋的茅屋；近景，柴枝扎成的院门外，传来狗叫；人物，黑夜中冒着风雪从远处走来的归家主人。说这样的诗字字珠玑，一点也不夸张，二十个字几乎每个字都是一个独立的意象。

读者如细心，会发现诗中有一个矛盾：首句“日暮”，有日落西山之意，那无疑是晴天，时间该是黄昏；而末句“风雪夜归人”，气候和时间都变了，晴天变成了风雪漫天，黄昏变成了黑夜。其实也不矛盾，诗中描绘的情景绝非静止，短短二十个字写了从黄昏到深夜的变化。诗人刚出现时，是能看到落日的黄昏，住下后天色大变，起风落雪，而主人迟迟未归。天黑夜深时，听见柴门外传来几声狗叫，探头看门外，只见主人冒着风雪从远处一步步踉跄走近……

当然，“日暮”两字，也可看作单纯表示时辰，从气候去理解，也许是过度解读。

而那个“风雪夜归人”，却引起我很多想象。毫无疑问，他不是富豪权贵，而是蜗居陋室的穷人；但他未必是卑微之人，可能是一个性情高洁的隐士，也可能是一个失意落魄的文人。诗人既专门进山造访，那白屋主人绝非等闲之辈。他风雪夜归，是在外狩猎辛苦，还是访友醉归，读者可以自己猜测。其实，诗中还有另外一个人，就是诗人自己，诗中描绘的景象和声音，都是诗人的所见所闻。读者甚至可以想象，主人踏着风雪归来，意外看到远道来访的客人，该会有怎么的惊喜。

此诗还有另外一种解释，诗中“风雪夜归人”，就是作者自己，他从黄昏一直走到天黑，冒着风雪找到了山中的朋友之家。疲惫中听到狗叫和开门的声音，想到即将得到的款待，温暖的炉火、甘美的酒食、朋友的问候，心里便产生了回家的亲切感，所以在诗中自称“归人”。

两种解读法，我觉得都可以。写景的五绝，一般都是描绘一个定格的画面，而刘长卿的这首诗，却记叙了从黄昏到深夜发生的事情，气候、景色、诗中人物的心情，都在跌宕变化。文学史家也许还可以从中读出诗人当时的人生境况和心情。二十个字，蕴含如此丰富的内容，这难道不是奇迹？

（2006年10月12日）

诗和琴

古人诗中写到音乐的，不计其数，其中涉及最多的当然是古琴。琴棋书画，在古人的雅好中，琴排在第一位。说到写听琴的古诗，不得不提到韩愈的《听颖师弹琴》，这是一首极有韵味的诗，在写作上也有特点：

昵昵儿女语，恩怨相尔汝。划然变轩昂，勇士赴敌场。浮云柳絮无根蒂，天地阔远随飞扬。

喧啾百鸟群，忽见孤凤凰。跻攀分寸不可上，失势一落千丈强。嗟余有两耳，未省听丝篁。自闻颖师弹，起坐在一旁。推手遽止之，湿衣泪滂滂。颖乎尔诚能，无以冰炭置我肠！

韩愈写琴声，别出心裁，诗中的情景和意象，似乎都和弹琴无关，其实每一句都是对琴声的想象和描绘。在诗中，琴声时而委婉亲昵如儿女对话，时而又昂扬激越如勇士呐喊，时而如百鸟齐鸣漫天喧哗，时而如孤凤悲啼低回盘旋。写琴声的悠扬飘忽，则"浮云柳絮无根蒂，天地阔远随飞扬"，这两句是韩愈的名句，也是古人写琴声的佳句。诗的下半部分，写到他听琴时坐在一旁感动的情景，泪湿衣襟，不能自制，最后对颖师发出"无以冰炭置我肠"的感叹。

此诗题为《听颖师弹琴》，诗中却没有出现一个"琴"字，这是韩愈的高明之处。其实，诗中所有的意象、声形，都是对琴声的描绘和想象。就是因为诗中没有"琴"字，后人竟然对此诗存疑。有一次，欧阳修问苏东坡：写琴的诗中哪一首最佳？苏东坡不假思索回答：韩愈的《听颖师弹琴》。欧阳修说：这首诗确实不错，但此诗所写不是听琴，是听琵琶。欧阳修作此判断，根据便是诗中未见“琴”字，也是想当然。苏东坡认为欧阳修的看法有道理，居然也改变看法，认为韩愈是写听琵琶了。后来有朋友求苏东坡为一位琵琶高手写词，东坡将韩愈的这首诗稍加修改，写成了《水调歌头》，词前有序文，记录了他和欧阳修的交流。序曰：

欧阳文忠公尝问余：琴诗何者最善？答以退之听颖师琴诗最善。公曰：此诗最奇丽，然非听琴，乃听琵琶也。余深然之。建安章质夫家善琵琶者，乞为歌词。余久不作，特取退之词，稍加隐括，使就声律，以遗之云。

且看苏东坡如何把韩愈听琴的诗改成了听琵琶的词：

昵昵儿女语，灯火夜微明。恩怨尔汝来去，弹指泪和声。忽变轩昂勇士，一鼓填然作气，千里不留行。回首暮云远，飞絮搅青冥。　众禽里，真彩凤，独不鸣。跻攀寸步千险，一落百寻轻。烦子指间风雨，置我肠中冰炭，起坐不能平。推手从归去，无泪与君倾。

苏东坡的《水调歌头》不能算独创，只是对韩愈的诗作了一点删改，根据词牌的格式，增加了一些文字。苏东坡毕竟不是等闲之辈，经他“稍加隐括”，那些文字便有了新的气象。对照读一下，很有趣。不过，说韩愈的诗不是写听琴而是听琵琶，那实在是千古冤案。和韩愈同时代的李贺，也写过听颖师弹琴的诗，颖师是当时弹古琴的高手，这是没有疑问的。

（2006年10月19日）

玉谿生之谜

我已经无法统计，在我这些谈古诗的文章中，已经多少次提及李商隐和他的诗句，这是情不自禁的事情。我想，以后也许还会常常提到他。李商隐是一个奇迹，是一个谜，值得所有的诗人和爱诗的人们为之沉迷，为之沉思。李商隐在唐代诗人中，影响不能算是最大的一个，李白和杜甫名气远在他之上。不过，李商隐对后世诗人和文学家的影响，却难以估量。这种影响，一直到现代。

我的书房里，就有一个证明在。我书桌前的墙上，挂着沈从文先生的一幅书法，以《玉谿生诗》为题，抄录了李商隐的八首诗：七绝《赠宇文中丞》、五律《晓起》、五古《杏花》、五古《灯》、五律《清河》、五绝《袜》、五绝《追代卢家人嘲堂内》、七绝《代应》。我和沈从文先生没有机会交往，这幅字由沈先生的好友曹辛之先生转赠。因为钦佩沈从文，喜欢他的字，也喜欢李商隐，所以就一直把这幅字挂在我书桌前的墙上，抬头就可以看到。这幅书法写于1976年初春，写的是章草小字，密密麻麻，有五百多个字。沈从文先生想必也喜欢李商隐，他抄录的这八首诗，不是李商隐诗中流传最广的，仿佛是无机地排列，却巧妙地通过这些诗表达了他当时的心情和期待。沈从文的这幅书法和李商隐的那些诗，引起我很多联想，曾写过《失路入烟村》一文，谈沈从文的书法和人生，也品味李商隐的诗。《杏花》一诗结尾有这样两句："吴王采香径，失路入烟村。"吴王采花，迷失在花团锦簇的园林中，虽是迷路，却迷得有诗意。这也让人很自然地想起沈从文的下半生，他放弃了心爱的文学，把才华和精力投入对古代服饰的研究，当然，还有书法。说是“失路”，其实是找到了一条充满智慧和情趣的通幽之径。李商隐一生不得志，他有政治抱负，却仕进无门，只做过县尉一类的小吏，但作为诗人，他寻找到了一条属于自己的独特道路。晚唐的达官贵人现在的人们谁还记得，而李商隐和他的诗却流传至今。

玉豀生的诗，为何有如此巨大的魅力，使那么多人着迷？他的《锦瑟》和《无题》千百年来引出各种各样的解读，成为唐诗中最迷人的话题。李商隐的诗中有很多名句，已经成为中国人智慧、情感和理想的结晶。十多年前，我请曹辛之先生为我写一个条幅。他问我写什么，我说，就写您喜欢的唐诗吧。他寄来的条幅是李商隐的两句：“桐花万里丹山路，雏凤清于老凤声。”辛之先生是借用李商隐的诗句表达对一个后辈的鼓励和期望。

记忆中的唐诗名句中，有不少出自李商隐：

身无彩凤双飞翼，心有灵犀一点通。(《无题》)

相见时难别亦难，东风无力百花残。（《无题》）

春蚕到死丝方尽，蜡炬成灰泪始干。（《无题》）

直道相思了无益，未妨惆怅是清狂。（《无题》）

春心莫共花争发，一寸相思一寸灰。（《无题》）

永忆江湖归白发，欲回天地入扁舟。（《安定城楼》）

秋阴不散霜飞晚，留得枯荷听雨声。（《宿骆氏亭寄怀崔雍崔衮》）

嫦娥应悔偷灵药，碧海青天夜夜心。（《嫦娥》）

深知身在情长在，怅望江头江水声。（《暮秋独游曲江》）

夕阳无限好，只是近黄昏。（《登乐游原》）

一个诗人，有那么多美妙不朽的诗句流传人间，历经千年而魅力依旧，这是值得骄傲的事情。谁能说李商隐的人生黯淡无光呢！

（2006年10月26日）

江城子

宋代的文学，如果没有苏东坡，也许就是另外一种景象。有没有苏轼，是大不一样的。

如果没有苏东坡，宋词给后人的印象恐怕就不会是现在这样子。苏词之妙，非三言两语能说尽，人类的所有情感、所有憧憬，在苏词中都可以看到。他那些豪放雄浑的篇章，“大江东去，浪淘尽，千古风流人物”；那些异想天开的念头，“我欲乘风归去，只恐琼楼玉宇，高处不胜寒”……都是千古绝唱。记得读大学时，教古典文学的老师不仅要求我们背宋词，而且还把我们逐个叫到办公室里背给他听。他让我背的是苏东坡的《江城子·密州出猎》，这不是他指定范围中的作品，但却是我熟悉的。苏东坡的词作中，有两阕著名的《江城子》，这是其中的一阕：

老夫聊发少年狂，左牵黄，右擎苍。锦帽貂裘，千骑卷平冈。为报倾城随太守，亲射虎，看孙郎。

酒酣胸胆尚开张，鬓微霜，又何妨。持节云中，何日遣冯唐？会挽雕弓如满月，西北望，射天狼。

这阕《江城子》，铿锵激昂，一扫阴柔妩媚之气，是宋词中难得的英武豪迈之作。“聊发少年狂”是怎样的状态？诗中展现了诗人率武士野外狩猎的情景。文字中但见铁骑飞奔，鹰犬相随，挽弓射虎，英姿逼人。这样的情景，使诗人激情难抑，虽两鬓霜染，仍自然地生出报国驱敌的慷慨和期冀。在苏轼的作品中，这是很特别的一篇，是他性格中豪放刚勇一面的生动表现。

而另一阕《江城子》，抒写的却是另外一种情感。这阕词有题序“乙卯正月二十日夜记梦”。这个日子，是苏东坡难忘的日子，十年前的这一天，他的爱妻王弗去世。苏东坡在梦中和久别的亡妻相逢，诗中写的就是梦中的景象：

十年生死两茫茫。不思量，自难忘。千里孤坟，无处话凄凉。纵使相逢应不识，尘满面，鬓如霜。

夜来幽梦忽还乡。小轩窗，正梳妆。相顾无言，惟有泪千行。料得年年肠断处，明月夜，短松冈。

生和死，醒和梦，交织在他的词境中。生者和死者相会梦中，泪眼相向，欲言又止。这样的缠绵和哀伤，给人心碎的感觉。在中国的古诗词中，表现夫妻之爱的作品，很难有与之相比的。朱自清的散文《致亡妻》，表现的也是这样的感情。读大学时，我曾写文章分析朱自清的散文《致亡妻》，写时很自然地联想起苏东坡的《江城子》，觉得两个作品有异曲同工之妙，虽然文体不同，但文字中那种深挚动人的情感，却是一脉相承的。我想，朱自清一定是受了苏轼的影响，他写《致亡妻》时，会很自然想起苏东坡的“十年生死两茫茫”。

（2006 年 11 月 2 日）

杜甫和竹

杜甫有名句："新松恨不高千尺，恶竹应须斩万竿。"所以在世人眼里，杜甫讨厌竹子。其实杜甫爱竹，除了这两句，他的所有咏竹篇都是褒扬之词，譬如，"嗜酒爱风竹，卜居必林泉"；"杖藜还客拜，爱竹遗儿书"；"竹深留客处，荷净纳凉时"：读这些诗句哪里有半点厌竹的影子。

杜甫的五言律诗《严郑公宅同咏竹》和"恶竹应须斩万竿"意思恰好相反，很可一读：

绿竹半含箨，新梢才出墙。
色侵书帙晚，阴过酒樽凉。
雨洗娟娟净，风吹细细香。
但令无剪伐，会见拂云长。

以如此欣喜的心情，细腻地描绘对竹的喜好，在唐诗中也是很突出的。其中“但令无剪伐，会见拂云长”两句，正好是对“恶竹应须斩万竿”的否定。这两句诗使我想起李商隐咏竹的“皇都陆海应无数，忍剪凌云一寸心”，异曲同工，都是对新竹的怜爱。

杜甫的《严郑公宅同咏竹》，歌颂的是春天的新竹，出土不久“半含箨”，新梢刚刚过墙，是嫩竹。和风细雨中，新竹摇曳生姿，让杜甫情不自禁生出怜爱之心，担心它们被人剪伐，受到伤害。如此怜竹爱竹，怎么可能又在诗中声称要“斩万竿”呢？

其实也不费解，杜甫要斩的是“恶竹”。什么是恶竹？当然不会是杜甫由衷赞美的青青新竹。我理解，这恶竹应是那些杂乱丛生、遮挡了看风景视线的野竹，是那些已经衰老枯黄、没有了美感的迟暮老竹。这样的竹子，留也无益，不如砍去，让更多的新竹嫩竹破土而出。用“新松”对“恶竹”，其实是作诗时对仗的需要，更妥帖的对仗，其实应该是用“新竹”来对“恶竹”。我这么说，也许会被人笑，但是读了杜甫那些对竹充满欣赏和怜爱的诗句后，生出这样的想法，也很自然。

近日去成都，重游杜甫草堂。草堂中绿竹成荫，竹荫中曲径通幽。那天下着微雨，眼帘中的修竹无论大小，一枝枝青翠欲滴，风中似乎飘漾着竹叶的清香。这情状，正是杜甫在诗中描写过的景象：“雨洗娟娟净，风吹细细香。”杜甫草堂中有好几尊杜甫的塑像，他的周围竹荫环绕，这应该是诗人喜欢的环境吧。

（2006 年 11 月 9 日）

《八至》和六言

至近至远东西，至深至浅清溪。

至高至明日月，至亲至疏夫妻。

现在的读者，熟悉这首诗的恐怕不会太多。这首题为《八至》的六言诗，作者是唐代女诗人李冶。以现代人的眼光来看，这也是一首绝妙的诗，其中的哲理，会使很多人产生感慨共鸣。四句诗，八个“至”，前面六至是巧妙的铺垫。“至近至远东西”：最远和最近的是人们所说的“东西”，这是指一个不确定的方位，可以遥不可及，也可以近在咫尺。“至深至浅清溪”：最深和最浅的是溪流，流水可以深不可测，也可以清浅见底。“至高至明日月”：这两至，情形有些不同，最高和最明亮的，是太阳和月亮，似乎少了前面四至的对称和相悖，如改成“至明至暗日月”，也许更有趣。李冶如在，不知是否会同意我的修改。全诗的点睛之笔，是最后那两至：“至亲至疏夫妻。”这样的议论，在当时很有惊世骇俗的味道。古时男尊女卑，女人被三纲五常压迫，“夫为妻纲”，夫妻之间，妻子只有顺从的权利。夫对妻，主权大于爱情；妻对夫，义务大于爱情。一个女人，敢在诗中作如此大胆的表达，在唐诗中少见。唐诗中女诗人的作品少，如此出格出新的作品，竟出自女性之手，那真是女诗人的骄傲。

值得说一下的是这首诗的形式。六言诗在唐代并不多，《唐诗三百首》中，没有一首六言诗，《全唐诗》洋洋数万首，六言诗只有几十首。也许，六言诗的韵律和节奏，更像文章而不像诗歌。诗人们不喜欢这样的格律，很少在这方面下功夫，大诗人们甚至基本不用此格律。因为六言诗脍炙人口的名作少，被人传诵的作品也少，这种格律和形式，几乎被人忽略淡忘。

追溯一下六言诗的源头，还是很有意思的。其实，东汉的抒情小赋中，就出现了大量六言的文字，虽未分行排列，但已有了六言诗的征象。如张衡的《归田赋》："游都邑以永久，无明略以佐时。徒临川以羡鱼，俟河清乎未期。感蔡子之慷慨，从唐生以决疑。谅天道之微昧，追渔父以同嬉。超埃尘以遐逝，与世事乎长辞。"谁能说这不是六言诗呢？到建安时期，出现了完整的六言诗歌，孔融咏史的三首诗，被专家认为是现存最完整的六言诗，其中一首是对曹操的赞美："从洛到许巍巍，曹公忧国无私，减去厨膳甘肥。群僚率从祁祁，虽得俸禄常饥，念我苦寒心悲。"和孔融同时代的曹丕、曹植，都写过有影响的六言诗，如曹植的《妾薄命》，是建安时期六言诗的扛鼎之作："携玉手喜同车，北上云阁飞除。钓台蹇产清虚，池塘观沼可娱。仰泛龙舟绿波，俯擢神草枝柯。想彼宓妃洛河，退咏汉女湘娥。”到魏晋南北朝，嵇康、傅玄、陆机、庾阐等文人，都写过出色的六言诗。

到唐代，六言诗和五、七言诗一样，发展成为格律诗，虽不盛行，却时有佳作。最有代表性的是王维的《辋川六言》，这是王维隐居辋川时所作，描绘了田园风光和诗人悠闲的心情：“采菱渡头风急，杖策村西日斜。杏树坛边渔父，桃花源里人家。”

唐代另一位女诗人鱼玄机，也写过很有韵味的六言诗《隔汉江寄子安》：“江南江北愁望，相思相忆空吟。鸳鸯暖卧沙浦，鸂鶒闲飞橘林。烟里歌声隐隐，渡头月色沉沉。含情咫尺千里，况听家家远砧。”我以为，在存世的六言诗中，最出色的两首，正是两位唐代女诗人的作品。李冶和鱼玄机，她们的名字和六言诗连在了一起。

（2006 年 11 月 16 日）

观沧海

东临碣石，以观沧海。水何澹澹，山岛竦峙。树木丛生，百草丰茂。秋风萧瑟，洪波涌起。日月之行，若出其中。星汉灿烂，若出其里。幸甚至哉，歌以咏志。

这是曹操的《观沧海》。诗中写沧海的壮阔浩瀚，写秋风中海边的美景，写对大海的想象和赞美。诗风清新雄健，富有想象力。古代诗人写秋景，一般总是一派荒凉衰败的景象，抒发的感情也大多悲凉凄苦，多少骚人墨客因秋风而黯然洒泪，见落叶而触景伤情。而曹操的这首诗，却在秋风中赞叹大自然的美妙，写得气势壮阔、豪迈慷慨，意境苍凉而不失清丽。沧海是天地间最博大的景象，日月星辰都孕育于大海，吐纳于大海。赞美沧海，也是赞美宇宙和生命。诗中没有直接写人间沧桑和个人抱负，但读者可以体会曹操踌躇满志、叱咤风云的英雄气概和远大志向。

在古人写大海写秋景的诗篇中，这是一篇难得的佳作，在文学史上也值得记一笔。古人诗中纯粹描写海景的不多，诗人作品中的大海，更多是想象的产物，或者只是借海的形象作一点精神寄托。而曹操的《观沧海》，写海岸，写海面，写海岛，描绘了和海有关的种种风景，写得色彩斑斓，气象万千，令人神往。中国古代诗人去海边的机会不太多，他们诗中出现的自然景观，更多的是山林原野，是江河溪流，是村庄集市，是大漠边陲。李白诗中有时出现海，也大多是象征或者想象，譬如“长风破浪会有时，直挂云帆济沧海”，诗中的沧海是理想境界的象征。再如，“水客凌洪波，长鲸涌溟海”，“手中电击倚天剑，直斩长鲸海水开”，诗中的长鲸和海洋，都是诗人的浪漫想象，和现实中的大海并无直接关系。李白生性豁达，激情澎湃，豪迈恣纵，他的诗中多辽阔缥缈的景象，海的形象时常在他的诗中出现，他写海，只是借海的形象抒发雄壮之志，也以海比喻人世的浩瀚。而诗中的“长鲸”“蛟龙”之类，李白当然没有见过，诗人幻想而已。李白曾自称“海上钓鳌客”，当时的宰相问他：“先生临沧海，钓巨鳌，以何物为钩线？”李白答曰：“以风浪逸其情，乾坤纵其志；以虹霓为丝，明月为钩。”宰相又问：“何物为饵？”李白笑曰：“以天下无义气丈夫为饵。”那宰相听到李白的回答，惊愕而尴尬，以为李白在嘲讽自己。李白的气度，何人能比，“天下无义气丈夫”，在李白面前只能自惭形秽。而写《观沧海》的曹孟德，其清朗的神情和轩昂的气概，可以与李太白比肩。可惜曹操志不在诗，他雄心勃勃，意图一统河山，偶尔作诗，都是抒发“志在千里”的壮士情怀。如果专心写诗，我想曹操会是中国诗史中的伟大人物。不过，曹操虽然只留下二十几首诗，却都是不同凡响的声音。

小时候读《三国演义》，对曹操有成见，认为他不是善良之辈，是暴君，是奸雄，一直没有把他和诗人这个头衔联系在一起。后来读他的诗，才觉得此公确非等闲之辈，他的才华和气度，在同时代没有几个人能与之相比。南朝钟嵘在他的《诗品》中品评诗人，区分等第，把曹操的诗置于下品，实在是对人有了成见，才作如此不公允的结论。

（2006 年 11 月 26 日）

墨梅清气

元代画家王冕，有题画诗《墨梅》脍炙人口：

我 家 洗 砚 池 边 树， 朵 朵 花 开 淡 墨 痕。 不 要 人 夸 颜 色 好， 只 留 清 气 满 乾 坤。

见过红梅、白梅，还有黄色腊梅，梅开墨色，我没有见过。用黑色的洗砚水浇灌梅树，开出的梅花就会有淡墨痕？我想这是王冕的想象和艺术夸张。尽管不可能，但很有意思，也不牵强。我想王冕大概是在以墨梅自勉，要洁身自好，要保持高洁的品格。颜色不好看没关系，只要有清气在，有骨气在，就是天地间高洁美妙的一朵梅花。

王冕出身贫寒，靠自己的努力成为一代名画家。王冕的故事，中国的读书人都知道，他是吴敬梓《儒林外史》中写到的人物，吴敬梓小说中写到王冕清高，不肯向权贵弯腰。小说中有个叫危素的同乡，在京城做高官，回乡时，当地的官员财主竞相巴结献媚，而他想见王冕一面，却遭到拒绝。现实中危素确有其人，是元朝翰林学士，后来又降明做官。危素和王冕并非同乡，但王冕客居京城时，确实不愿和危素往来，尽管危素官高权重。在外族统治下，王冕一生坚持不为官。王冕鄙视危素的品格和为人，便故意怠慢他，遭到危素嫉恨。在京城，王冕完全有机会显赫发财，他的画在当时就已经是很多达官贵人竞相收藏的珍品，但王冕却不恋京城，宁肯逃回老家诸暨的山中隐居，耕作，读书，绘画，过清苦贫寒的农夫生活。一天，他画了一幅梅花，很得意，贴到墙上，题写了这样两句诗："冰花个个团如玉，羌笛吹它不下来。"意思很明白，他心如冰玉，决不向外族统治者屈服。

其实，把王冕画的梅花称为墨梅，并没有错，他用墨画梅，能画出丰富的色彩来。我见过王冕的墨梅，他只是以浓淡相宜的墨线勾勒，画出满枝盛开的腊梅，虽无着色，但观之如闻满纸清芬扑面而来。他用浓墨画老梅桩，看似漆黑一团，却活画出百年老梅的倔强和峥嵘。王冕曾经在一幅梅花上题诗，道出自己画梅的心得："老仙醉吸墨数斗，吐出梅花个个真。相见莫嫌颜色异，山林别是一般春。"王冕画的梅花，大多枝干挺直，很有骨力。清代画家吴仲伦曾说："王元章喜写野梅，不画官梅。"野梅，是指生长在深山野地的梅，有着最自然本真的形态；而官梅，是指那些经人工改造、枝干扭曲的梅。王冕爱画野梅，也体现了他的性格，做到了"梅人合一"，画中之梅，就是画家人格性情的真实再现，"画梅须具梅气骨，人与梅花一样清"。明人孙长真有诗赞王冕画梅："梅花取直不取曲，此理世人多未推。

诗人独得梅清性，不画庭梅画野梅。”

古人的咏梅诗，我以为王冕的境界既清高又飘逸。他写过一首《题月下梅花》，诗中的景象神奇而令人神往：“平生爱梅颇成癖，踏雪行穿一双屐。六花散漫飞满空，千里万里同一色。冲寒不畏朔风吹，乘兴来此江之湄。繁花满树梅欲放，仿佛罗浮曾见时。南枝横斜北枝好，北枝看过南枝老。中有一枝置奇绝，万蕊千葩弄天巧。老夫见此喜欲颠，载酒大酌梅花仙。仙人怪我来何晚，一别已是三千年。醉来仰面卧深雪，梦扶飞琼上天阙。酒醒起视夜何其？饥乌啼残半江月。”这首诗中，诗人、梅花合一，人间、天堂合一，现实、梦幻合一，是咏梅诗中的一朵奇葩。

王冕画笔下的梅花，留存至今的很少，但他那些写梅花的诗篇却流传下来，成为元代最有魅力的诗歌。

（2006年12月7日）

人生如雁

仍记得儿时最初的语文课:“秋天到了,秋风凉了,一群大雁往南飞,一会儿排成个‘一’字,一会儿排成个‘人’字……”简单的文字,描绘出苍凉神奇的境界。年轻时去乡下插队落户,在长江边围垦,常看到雁群从天空飞过,确实时而“一”,时而“人”,春天往北,秋天向南,在辽阔天幕中,它们是不辞辛苦的迁徙者,不管世事如何变迁,大雁年年南来北往,这是个永恒现象,是生命在大自然中创造的奇迹。凝望空中的雁阵，我常会有无穷的遐想。

古代的诗人，善于触景生情，当然不会忽略南来北往的鸿雁。他们把感慨写在诗中，让无数读者共鸣。雁作为古诗中常出现的意象，代表了什么？

羁旅中的诗人，仰头见雁，怀想的是故乡，听到空中雁鸣，牵动的也是思乡之情。如隋人薛道衡的《人日思归》：“人归落雁后，思发在花前。”欧阳修的《戏答元珍》中有名句：“夜闻归雁生相思，病入新年感物华。”唐人赵嘏之《长安秋望》：“残星数点雁横塞，长笛一声人倚楼。”宋人戴复古有《月夜舟中》：“星辰冷落碧潭水，鸿雁悲鸣红蓼风。”诗中有雁出现，意境必定苍凉，一个雁字，牵动无限愁思。韦应物有五绝《闻雁》，也写于旅途之中：“故园眇何处？归思方悠哉。淮南秋雨夜，高斋闻雁来。”异乡之夜，秋雨绵绵，忽闻空中传来雁鸣，在一个远走他乡的游子的耳中，这声音意味着什么？无须议论，已将萧瑟孤寂的心境和盘托出，让人读来感到无限凄凉。宋人陈亮《水龙吟》中，“寂寞凭高念远，向南楼、一声归雁”，表达的也是类似心情。

在古人诗中，鸿雁也是信使的象征，“鸿雁”一词有时就直接代指书信。譬如杜甫《天末怀李白》中的“鸿雁几时到，江湖秋水多”，李商隐《离思》中的“朔雁传书绝，湘篁染泪多”，都是人们熟悉的名句。

在我的记忆中，印象更深的，是苏东坡的两句：“人似秋鸿来有信，去如春梦了无痕。”苏东坡由大雁联想到了人生，人生来去如鸿雁迁徙，代代往复，生生不已，而人的经历又像春梦一样，去而无返，形迹缥缈。这是诗人的联想，却使无数人吟之而共鸣。

（2006年12月14日）

可怜贾岛

唐代诗人中，贾岛是最出名的苦吟者。他写诗写得很辛苦，一字一句，得来都不容易。贾岛曾这样描绘自己的写诗状态：“一日不作诗，心源如废井。笔砚为辘轳，吟咏作縻绠。朝来重汲引，依旧得清冷。书赠同怀人，词中多苦辛。”有人形容他作诗时的情状：“狂发吟如哭，愁来作似禅。”写诗如此全身心投入，实在难得。

贾岛被后人记住，并非他的诗，而是因为他苦吟的故事。他的字斟句酌，有不少成为广为流传的典故。最有名的是“推敲”。据传，一日，贾岛骑驴访李凝幽居，于驴背上得诗：“闲居少邻并，草径入荒园。鸟宿池中树，僧推月下门。过桥分野色，移石动云根。暂去还来此，幽期不负言。”对“僧推月下门”这句，他不满意，觉得如改成“僧敲月下门”，似乎更传神。他一时拿不定主意，便在驴背上边吟诗边举手作推敲之状，旁若无人，如痴如呆。这时，迎面有一大官被人前呼后拥着过来，沉迷在诗中的贾岛却骑着毛驴走在路中间不避让。这大官是京兆尹韩愈。贾岛被众卫士带到韩愈跟前，韩愈听贾岛解释后，不但不怪罪，还在路上和他探讨起来。韩愈觉得“敲”比“推”好，建议他改“僧推月下门”为“僧敲月下门”。韩愈和贾岛就此成为诗友，而“推敲”两字，也成为辞典中一个颇有含义的生动词语。

贾岛《送无可上人》一诗中有这样两句：“独行潭底影，数息树边身。”在这两句诗下，贾岛用一首五绝作注，他自称：“两句三年得，一吟双泪流。知音如不赏，归卧故山丘。”写两句诗花三年时间很夸张，但贾岛的执着和认真，可见一斑。

贾岛一生在穷困中度过，年轻时出家做和尚，还俗后做过小官，但也一直与贫寒相伴。想起来，贾岛作为诗人有点可怜，苦吟一生，写了很多诗，脍炙人口的却很少。人们记得“推敲”的典故，却未必记得他的诗。苏东坡论唐诗时，有“郊寒岛瘦”的批评，“郊”是孟郊，“岛”便是贾岛，所谓“瘦”，便是枯涩乏味。这样的批评有点尖刻，但没有错，贾岛如听到，也许会苦笑。

我小时候背过很多唐诗，回想起来，竟没有一首贾岛的作品。后来读了很多古诗，贾岛的《长江集》，我全部浏览过，能记住的确实不太多。不过，我以为贾岛的作品中，还是有几首佳作值得一提，不是和“推敲”有关的《题李凝幽居》，也不是“两句三年得”的《送无可上人》，在此试举三首：

《寻隐者不遇》：“松下问童子，言师采药去。

只在此山中，云深不知处。”

《剑客》：“十年磨一剑，霜刃未曾试。今日把示君，谁有不平事。”

《客思》：“促织声尖尖似针，更深刺着旅人心。独言独语月明里，惊觉眠童与宿禽。”

这三首诗，不必我多作解释和评价，读者一看就会明白。贾岛的诗，如果多一些这样的佳作，给人印象可能就不一样了。

（2006 年 12 月 23 日）

读书之乐

元人翁森有《四时读书乐》，以春夏秋冬为题，写了一年四季读书的乐趣和情调。民国时期，这四首诗曾被收入中学语文课本，国人都熟悉其中的佳句妙境。在人心浮躁之时，重读这样的古诗，很有意思。

《春》：“山光照槛水绕廊，舞雩归咏春风香。好鸟枝头亦朋友，落花水面皆文章。蹉跎莫遣韶光老，人生惟有读书好。读书之乐乐何如？绿满窗前草不除。”此诗中我喜欢“好鸟枝头亦朋友，落花水面皆文章”两句，这是读书人才能领悟的奇妙境界。

《夏》：“新竹压檐桑四围，小斋幽敞明朱曦。昼长吟罢蝉鸣树，夜深烬落萤入帏。北窗高卧羲皇侣，只因素稔读书趣。读书之乐乐无穷，瑶琴一曲来熏风。”此诗也是第二联让我神往：“昼长吟罢蝉鸣树，夜深烬落萤入帏。”记得当年下乡插队时，最美好的时光是一个人在草屋里读书，窗外蝉鸣萤飞，绿风潇潇，书中美景和身边天籁融为一体，这时，便忘却了生活的艰辛和前途的渺茫。古人喜欢的读书环境，其实也是现代人的向往。

《秋》：“昨夜庭前叶有声，篱豆花开蟋蟀鸣。不觉商意满林薄，萧然万籁涵虚清。近床赖有短檠在，对此读书功更倍。读书之乐乐陶陶，起弄明月霜天高。”

《冬》：“木落水尽千崖枯，迥然吾亦见真吾。坐对韦编灯动壁，高歌夜半雪压庐。地炉茶鼎烹活火，四壁图书中有我。读书之乐何处寻，数点梅花天地心。”四首诗中，这首写得最有意思，同是夜读，前一首《秋》就逊色一些。冬夜读书，身心投入，座前灯、炉下火、屋外雪，全都交会于四壁图书。诗意中，我中有书，书中有我，人书难分，彼此交融。尤其最后一句，以“数点梅花天地心”为读书之乐的归宿，格调高洁，给人无限遐想。

关于读书之乐，古人诗中涉及不少，明人于谦有七律《观书》也写得很有情趣：“书卷多情似故人，晨昏忧乐每相亲。眼前直下三千字，胸次全无一点尘。活水源流随处满，东风花柳逐时新。金鞍玉勒寻芳客，未信我庐别有春。”把书比作多情密友，晨昏相亲，是一个爱书之人发自内心的妙语。张潮《幽梦影》中，也有不少关于读书的议论，数十年前读过，至今仍记得：“少年读书，如隙中窥月；中年读书，如庭中望月；老年读书，如台上玩月。皆以阅历之浅深，为所得之浅深耳。”好书如明月临空，爱之亲之，便能被清光沐浴，身心皆亮。张潮还有更有趣的读书之论：“善读书者无之而非书：山水亦书也，棋酒亦书也，花月亦书也；善游山水者，无之而非山水，书史亦山水也，诗酒亦山水也，花月亦山水也。”

生而为人，如果不懂得品尝读书之乐，真是天大的遗憾。

（2007 年 1 月 11 日）

人去鸿飞

那些有故事背景的诗词，读者阅读欣赏的兴趣会更浓一些。有些典故广为流传，稍有阅读经验的人都知道；有些诗词背后的人物和情节，隐匿在云里雾里，扑朔迷离，如同谜语。

苏东坡有一阕《卜算子》，写得曲折幽深，耐人寻味。词中人影晃动，仙气缥缈，故事暗藏，让人心生好奇又难以捉摸：

缺月挂疏桐，漏断人初静。谁见幽人独往来？缥缈孤鸿影。　　惊起却回头，有恨无人省。拣尽寒枝不肯栖，寂寞沙洲冷。

秋月朗照的夜晚，更深人静时，窗外有佳人，飘然往来，不知是人是仙。这样的情景，如同《聊斋》故事中的情景：书生夜读，狐仙来伴……我初读此词时，注意到前面的一个小序："黄州定惠院寓居作。"可以断定这是苏轼被贬黄州时所作，读苏轼的传记，也没有发现他住在定惠院中有什么奇遇。这首词中表现出的缥缈意境，一直被人赞赏，黄山谷曾如此评论："语意高妙，似非人间吃烟火食人语。"这样的境界，"非胸中有万卷书，笔下无一点尘俗气"而不能抵达。

此词上半阕写鸿见人，下半阕写人见鸿。有人如此作评："此词借物比兴。人似飞鸿，飞鸿似人，非鸿非人，亦鸿亦人，人不掩鸿，鸿不掩人，人与鸿凝为一体，托鸿以见人。"评得巧妙。

苏轼当然不可能有《聊斋》故事中的经历，但他这阕词，确实涵故事在其中。据《宋六十名家词》记载，此词还有一个序，是别人所写，记载的是与此有关的故事："惠州有温都监女，颇有色。年十六，不肯嫁人。闻坡至，甚喜。每夜闻坡讽咏，则徘徊窗下，坡觉而推窗，则其女逾墙而去。坡从而物色之曰：'当呼王郎，与之子为姻。'未几，而坡过海，女遂卒，葬于沙滩侧。坡回惠，为赋此词。"这篇短文和苏轼的词一样，也写得曲折缥缈，确实有点像《聊斋》故事，不过其中的人物似乎不是虚构，而是纪实。东坡在定惠院居住时，夜晚读书吟诗，总有一年轻美女在他窗前徘徊，东坡发现后推窗探望，那女子便翻墙而去。这情景和苏轼词中所写，何其相似："缺月挂疏桐，漏断人初静。谁见幽人独往来？缥缈孤鸿影。"这好像是一个年轻姑娘单相思的故事，当时苏轼已是一个六十多岁的老人，被一个十六岁的女子所恋，大概有点不知所措，便把女子介绍给王郎之子，希望他们能结秦晋之好。想不到那女子竟郁郁而亡。等苏轼远游归来，只看到沙洲侧畔一丘新坟。此词的下半阕，正是对这位痴情女子的伤怀和纪念："惊起却回头，有恨无人省。拣尽寒枝不肯栖，寂寞沙洲冷。"

故事的真伪，早已无从考证。据说当时曾有文人去惠州寻访当事者，并留诗为证："空江月明鱼龙眠，月中孤鸿影翩翩。有人清吟立江边，葛巾藜杖眼窥天。夜冷月堕幽虫泣，鸿影翘沙衣露湿。仙人采诗作步虚，玉皇饮之碧琳腴。"有苏东坡的词在，后人的这类诗词，只能成蛇足了。

（2007年1月18日）

欲语泪先流

古人在诗中写泪的，不计其数。愁苦时流泪，忧伤时含泪，悲极喜极爱极恨极，都会有泪水相伴。也有莫名的泪水，是惆怅，是隐痛，是孤愤，诗人无法解释，写成诗句，便朦胧曲折，引人无限怀想。诗中的泪水，其实是人间挚情。泪者，心也，心灵百态千姿，绝无雷同，诗人含泪的诗句也同样变化无穷，折射人间情感的丰富，让一代代读者产生共鸣。

诗中泪水常见的是儿女之情，《古诗十九首》中有很动人的例证：“迢迢牵牛星，皎皎河汉女。纤纤擢素手，札札弄机杼。终日不成章，泣涕零如雨。河汉清且浅，相去复几许？盈盈一水间，脉脉不得语。”这是相思之泪，情人分离如牛郎织女被河川割断，思念之苦竟至涕泪如雨。女子爱流泪，男人也一样，杜甫的《月夜》，写他在兵乱流亡之时思念亲人，禁不住泪沾襟衫：“今夜鄜州月，闺中只独看。遥怜小儿女，未解忆长安。香雾云鬟湿，清辉玉臂寒。何时倚虚幌，双照泪痕干？”这样的泪水，比恋人相思之泪更凄苦。我记忆中印象深刻的这类诗句，还有柳永的“执手相看泪眼，竟无语凝噎”，范仲淹的“明月楼高休独倚，酒入愁肠，化作相思泪”。

思乡之情，也使无数诗人泪水沾襟：“故园东望路漫漫，双袖龙重泪不干”（岑参《逢入京使》）；“共看明月应垂泪，一夜乡心五处同”（白居易《望月有感》）；“羌管悠悠霜满地，人不寐，将军白发征夫泪”（范仲淹《渔家傲》）；“晓来谁染霜林醉，总是离人泪”（王实甫《西厢记》）。

悲怆的泪水，在古诗中也随处可见，如屈原在《离骚》中长叹：“长太息以掩涕兮，哀民生之多艰。”最撼动人心的，还是陈子昂的《登幽州台歌》：“前不见古人，后不见来者。念天地之悠悠，独怆然而涕下。”

有些诗人的泪水，是无法言说清楚的，譬如李清照的《武陵春》：“风住尘香花已尽，日晚倦梳头。物是人非事事休，欲语泪先流。”譬如李益的《上汝州郡楼》：“今日山川对垂泪，伤心不独为悲秋。”

杜甫诗中多悲歌，却也曾喜极而泣：“喜心翻倒极，呜咽泪沾巾。”中国人最熟悉的，是他的《闻官军收河南河北》：“剑外忽传收蓟北，初闻涕泪满衣裳。却看妻子愁何在，漫卷诗书喜欲狂。”人生有悲有喜，只要情到深处，便可能有泪水相伴。诗人多情，或许也多泪吧。

含泪的诗句中，李贺的两句有点惊心动魄：“空将汉月出宫门，忆君清泪如铅水。”思念之情，竟使得冰冷的金铜仙人也泪水盈眶。这使我联想起董解元写离情的诗句："莫道男儿心似铁，君不见满川红叶，尽是离人眼中血。"一样读之心惊。

李商隐有以《泪》为题的七律，为人间的离别之伤叹息，诗中没有一个泪字，却让人感叹不尽："永巷长年怨绮罗，离情终日思风波。湘江竹上痕无限，岘首碑前洒几多。人去紫台秋入塞，兵残楚帐夜闻歌。朝来灞水桥边问，未抵青袍送玉珂。"

最有趣的含泪诗，是贾岛的《题诗后》："两句三年得，一吟双泪流。"写两句诗琢磨了三年，想起来伤心。这是诗人的自怜自艾。

（2007年1月26日）

唐人咏梅

梅花是中国人的花。在冰天雪地中梅花傲然绽放，是春天的先兆，是生命坚忍美丽的象征。无法统计古往今来有多少人赞美过梅花，用文字，用画笔，用音乐。

古诗中的梅花，在唐代以前就有，有人咏梅颂春，也有人通过梅花写闺怨、写友情。晋代诗人陆凯曾经折梅赠远方友人，并附短诗："折梅逢驿使，寄与陇头人。江南无所有，聊赠一枝春。"陆凯这首写梅花的诗被后人传为佳话，是唐代之前咏梅诗中被人传诵较多的一首。唐诗中的风花雪月不计其数，咏梅诗也很多，李白、杜甫、王维、李商隐，都在诗中吟咏过梅花。

李白的“两小无嫌猜，绕床弄青梅”“五月梅始黄，蚕凋桑柘空”，诗中出现梅字，其实并非吟咏梅花。“五月梅始黄”，写的是梅子成熟的景象。李白的时代，梅树大多是果梅，梅花还没有成为专被用作观赏的花，人们更多注意花后的果实。

杜甫有《江梅》：“梅蕊腊前破，梅花年后多。绝知春意好，最奈客愁何？雪树元同色，江风亦自波。故园不可见，巫岫郁嵯峨。”杜甫是借梅花写思乡客愁，在杜诗中，这些句子平平无奇，综览古人咏梅诗，也不算上佳之作。

王维有两首五绝咏梅，其一：“君自故乡来，应知故乡事。来日绮窗前，寒梅着花未？”唐人咏梅诗中，这四句流传较广，不过诗的意境，并非直接描绘梅花，也不是赞颂梅花，只是借问梅讯表达思乡之情。其二：“已见寒梅发，复闻啼鸟声。心心视春草，畏向玉阶生。”

诗写得委婉曲折，但读后似乎无法留下对梅花的印象。

李商隐也写过几首梅花诗，一首五绝《忆梅》：“定定住天涯，依依向物华。寒梅最堪恨，长作去年花。”另一首《十一月中旬至扶风界见梅花》：“匝路亭亭艳，非时裛裛香。素娥惟与月，青女不饶霜。赠远虚盈手，伤离适断肠。为谁成早秀？不待作年芳。”李商隐也是通过梅花感叹韶光流逝，诗中对梅花的描绘有前人未提及的意象，梅花的繁茂、幽香，还有月光霜雪般的高洁，被构织成简洁而多彩的诗句。不过，在李商隐的诗作中，这两首咏梅诗都不能算精品，现在也大概不会有多少人记得。

唐诗中，咏梅诗写得出色的，我以为还是齐己和王适的两首，虽然名声不算大，但值得一提。齐己的诗题为《早梅》：“万木冻欲折，孤根暖独回。前村深雪里，昨夜一枝开。风递幽香出，禽窥素艳来。明年如应律，先发映春台。”诗中寒梅雪夜绽开，风递幽香，在严冬引发生命律动，传送春天消息，写得生动而有情趣。王适的诗题为《江上梅》：“忽见寒梅树，花开汉水滨。不知春色早，疑是弄珠人。”此诗中妙的是后两句，梅花在寒冬吐苞，观花人不知春讯已发，以为江畔有人弄珠。梅花骨朵如珠，很形象。

以前有一种看法，宋人“以理入诗，味同嚼蜡”，和唐诗不能相提并论。然而拿宋人的咏梅诗和唐诗作比较，这种看法便站不住脚了。

（2007年2月1日）

梅花天地心

在宋代之前，中国的古诗中，没有几首写梅花的诗脍炙人口。到宋代，写梅花的诗人多，被人传诵的佳作也多，今人能熟记的咏梅诗，大多为宋人所作。宋代诗人写梅花，不仅讴歌梅花的美，还借梅花的特质赞扬高洁的品格。可以说是宋人将梅花抬到了空前的高度，并且一直延续至今。

宋人林和靖的七律《山园小梅》，在咏梅诗中占重要一席："众芳摇落独暄妍，占尽风情向小园。疏影横斜水清浅，暗香浮动月黄昏。霜禽欲下先偷眼，粉蝶如知合断魂。幸有微吟可相狎，不须檀板共金樽。”此诗写得艳丽，但诗中意象新奇，“暗香浮动”和“疏影横斜”，成为最经典的咏梅诗句之一，之后不断被人引用。林和靖是北宋隐士，一生不娶不仕，自称以梅为妻，以鹤为子，所谓“梅妻鹤子”典故便出于他。他能写出如此美妙动情的咏梅诗，很自然。姜夔后来以《暗香》和《疏影》为题赋词，并成为自己的代表作。

宋代诗人中，陆游咏梅的诗词最多，影响也最大。陆游认为梅花在百花中品格最高，他的《卜算子·咏梅》是讴歌梅花高洁品格的代表作：“驿外断桥边，寂寞开无主。已是黄昏独自愁，更着风和雨。无意苦争春，一任群芳妒，零落成泥碾作尘，只有香如故。”陆游诗词中，梅花性情淡泊却意志坚忍，而且具有奉献精神，这样写并不牵强，了解梅花习性的人，都会为之共鸣。陆游一生爱梅、咏梅并以梅自喻。他写过《梅花绝句》，诗中赞梅花，也寄托自己的情怀，可谓咏梅见人，人梅合一。陆游《梅花绝句》之一：“闻道梅花坼晓风，雪堆遍满四山中。何方可化身千亿，一树梅花一放翁。”之二：“幽谷那堪更北枝，年年自分着花迟。高标逸韵君知否，正是层冰积雪时。”之三：“雪虐风饕愈凛然，花中气节最高坚。过时自合飘零去，耻向东君更乞怜。”第一首中“何方可化身千亿，一树梅花一放翁”两句，将诗人对梅花的喜爱写到极致，他恨不得将自己化身千亿和天下所有的梅花合而为一，去抗击风雪，一展坚忍高雅的美姿。

王安石也写过非常出色的咏梅诗，影响最大的是五绝《梅》：“墙角数枝梅，凌寒独自开。遥知不是雪，为有暗香来。”诗中也用“暗香”，可见林和靖《山园小梅》的影响之深远。

宋代的名诗人，几乎人人都有咏梅佳句。辛弃疾：“更无花态度，全是雪精神。”陈亮：“一朵忽先变，百花皆后香。欲传春信息，不怕雪埋藏。”苏东坡：“斩新一朵含风露，恰似西厢待月来。”朱熹：“梦里清江醉墨香，蕊寒枝瘦凛冰霜。”黄庭坚：“折得寒香不露机，小窗斜日两三枝。”卢梅坡：“梅须逊雪三分白，雪却输梅一段香。”杨万里：“无端却被梅花恼，特地吹香破梦魂。”……集宋人咏梅诗句，可构织一个浩瀚纷繁的梅花世界。

多年前曾有过关于选国花的讨论，却一直没有结论。在国花的候选榜上，有两种花呼声最高，一种是牡丹，另一种是梅花。牡丹被喻为天香国色，是开在春天的艳美之花；而梅花，虽无牡丹的艳丽，却有高洁的风骨和清幽的品质，是天地间的生命之精灵。如果让我二者选一，我选梅花。

（2007年2月8日）

守　岁

流逝的时光永远是诗人吟咏的对象，古今皆如此。每年辞旧迎新时诗人总会发一点感慨，叹岁月匆匆年华老去，也对即将到来的春天作一点憧憬。这样的感叹常常发自除夕守岁时。

中国人千年前便有守岁习俗。除夕之夜围炉饮酒，通宵达旦，如唐人诗句所描绘："阖门守初夜，燎火到清晨。"时光留不住，守岁，说是守，其实是送和迎，送走旧年，迎来新春。

古人的守岁诗中，有生不逢时、岁月蹉跎的感叹，譬如骆宾王的《西京守岁》：“闲居寡言宴，独坐惨风尘。忽见严冬尽，方知列宿春。夜将寒色去，年共晓光新。耿耿他乡夕，无由展旧亲。”一个孤独而不得意的文人到年关时心生凄凉并不是造作。白居易《客中守岁》一诗中有“守岁尊无酒，思乡泪满巾”两句，凄凉之情更甚。戴叔伦的《二灵寺守岁》流传也广：“守岁山房迥绝缘，灯光香灺共萧然。无人更献椒花颂，有客同参柏子禅。已悟化城非乐界，不知今夕是何年。忧心悄悄浑忘寐，坐待扶桑日丽天。”这种出世禅境在物欲汹涌的现代社会恐怕难有人体会了。在纸醉金迷中发出“不知今夕是何年”的呓语，那是另外一回事。

不过，我读到的守岁诗中，也有对岁月的珍惜，而更多的是对世俗生活的热爱。苏东坡写过《守岁》：“明年岂无年，心事恐蹉跎。努力尽今夕，少年犹可夸。”守岁惜时，此诗最有代表性。守岁诗中对生活的热爱，例证更多。杜甫有诗“守岁阿戎家，椒盘已颂花”，写的是古人守岁时的一种习俗，除夕夜全家团聚欢宴，将花椒放于盘中，饮酒时撮一点放入杯中，驱寒去湿，也增加过年的气氛。守岁对孩子来说是最快乐的时光，“燎火委虚烬，儿童炫彩衣”（刘禹锡），“阖门守初夜，燎火到清晨”（储光羲），“儿童强不睡，相守夜欢哗”（苏轼），“新历才将半纸开，小庭犹聚爆竿灰”（来鹄），可以想象爆竹声中孩子们的欢颜。

描绘守岁情景最生动的一首诗，我以为是清代孔尚任的《甲午元旦》：“萧疏白发不盈颠，守岁围炉竟废眠。剪烛催干消夜酒，倾囊分遍买春钱。听烧爆竹童心在，看换桃符老兴偏。鼓角梅花添一部，五更欢笑拜新年。”写此诗时孔尚任已是鬓发如霜，但甲午新年临近时，他还是兴致勃勃和家人一起守岁，并细致地记下了当时的欢乐景象。孔尚任是孔子后裔，却不是腐儒，而是才华横溢的诗人，他的《桃花扇》千古流传，已成中国文学的经典名篇。十多年前，我带儿子去山东曲阜，在孔林中逗留半天，就是为了寻找孔尚任。在石碑林立的墓群里，我找到了孔尚任的墓。在那个萧瑟阴森的亡人世界中，想起他的《桃花扇》，想起他那些带有欢声笑语的诗句，心里是一种奇怪的感觉。

（2007 年 2 月 15 日）

黄山谷和水仙

冬去春来，水仙花在很多人家的案头静静开放，倾吐幽香，传送着令人神往的春天气息。开花的水仙也许是亲友所赠，清芬是人间友情的气息；如果是自家培养，那么这盆中绿叶和鲜花，便是你用勤劳和真诚邀请来的凌波仙子。

想写一篇古人吟咏水仙的文字，却发现在唐诗中，基本没有提到水仙的诗作。温庭筠有一首《水仙谣》，不是写花，而是写水中的神仙："水客夜骑红鲤鱼，赤鸾双鹤蓬瀛书。”在唐代，水仙大概还是罕见的花，大多数诗人不认识它们。大量出现描写水仙的诗词是在宋代。宋词中，吟水仙的作品不计其数。说实话，宋词中很多吟咏水仙的作品，我并不喜欢，或是写得浓艳，或是写得酸涩，不合水仙清幽淡雅的品格。

宋代的诗人中，写水仙最多的是黄庭坚，我读到过的就有七首。写水仙出色的也是黄庭坚，水仙的美妙和特质，在他的诗中都能体会到。他有两首吟水仙的七绝，以通俗的言辞很形象地写出了水仙的特点。第一首："淤泥解作白莲藕，粪壤能开黄玉花。可惜国香天不管，随缘流落小民家。”水仙能在普通环境中生长，生命力强，虽有国色天香之姿，却没有高贵的架子，被普通百姓亲近喜欢，是很自然的事情。第二首："借水开花自一奇，水沉为骨玉为肌。暗香已压荼蘼倒，只此寒梅无好枝。”只需一盆清水，水仙便可以将自己生命绽放的过程美妙地展现，其形色，其幽香，在百花园中自可称绝。

一次，一位名叫王充道的朋友送给黄山谷五十枝水仙，为此，黄山谷写了一首七言古风，诗前有短序：“王充道送水仙花五十枝，欣然会心，为之作咏。”全诗如下：“凌波仙子生尘袜，水上轻盈步微月。是谁招此断肠魂？种作寒花寄愁绝。含香体素欲倾城，山矾是弟梅是兄。坐对真成被花恼，出门一笑大江横。”

这首以水仙拟人的诗写得飘逸灵动，“含香体素欲倾城”是对水仙的极高评价。诗中还提到另外两种花，山矾和梅花，“矾弟梅兄”，不知出典何处，杨万里写水仙的诗中也有“银台金盏何谈俗，矾弟梅兄未品公”之句。山矾花，是一种白色的小花，有幽香，花朵类似水仙，但小得多，所以被喻为水仙的弟弟；而梅花，当然是兄长了；在弟兄之间的水仙，则是清灵水秀的女子，是凌波仙子。黄庭坚对水仙的喜爱，已到痴迷的地步，他深信这样的传说：水仙是天地间的精灵，白天在人间庭院显身为花，夜间便恢复仙子原形回到大江中，日夜轮回。此诗最后一句“出门一笑大江横”，写的就是水仙夜间回江中。姚绶的《水仙花赋》中，曾写到黄庭坚与凌波仙子相遇交往，这当然是虚构的故事了。

黄庭坚吟水仙的诗作中，写得最精彩的，是《刘邦直送早梅水仙花四首》，朋友送来的水仙，引发了黄山谷的诗兴，四首七绝，可谓字字珠玑。

其一：簸船缉缆北风嗔，霜落千林憔悴人。
欲问江南近消息，喜君贻我一枝春。

其二：探请东皇第一机，水边风日笑横枝。
鸳鸯浮弄婵娟影，白鹭窥鱼凝不知。

其三：得水能仙天与奇，寒香寂寞动冰肌。
仙风道骨今谁有？淡扫蛾眉簪一枝。

其四：钱塘昔闻水仙庙，荆州今见水仙花。
暗香靓色撩诗句，宜在林逋处士家。

四首诗中，写得最妙的是第三首，流传也最广。赞美水仙的词语，对水仙的比喻，写来写去，雷同颇多，不同诗人的句子常给人似曾相识之感，只有写得真切自然，写出自己的独特感受，才能高于他人。黄山谷吟咏水仙的诗，已和他的书法一样，成为中国古典艺术中不朽的精品。只要水仙花还在人间开放，他这些诗句的生命力就不会消失。

（2007 年 2 月 22 日）

光明元宵

因为有元宵节，新春的节日气氛延长了许多。孩童时过春节，到了年初八九，新年便差不多过去了。正在依依不舍时，突然想到后面还有元宵节，精神便为之一振。到十五闹元宵时，节日的气象又轰轰烈烈地回来了。元宵的快乐和春节又不一样。这是一个光明的节日，是一个充满神奇幻想和美妙憧憬的节日。

元宵闹花灯的盛况，在古人的诗中能够找到。唐代卢照邻有《十五夜观灯》：“锦里开芳宴，兰缸艳早年。缛彩遥分地，繁光远缀天。接汉疑星落，依楼似月悬。别有千金笑，来映九枝前。”天上的银河、繁星和月光，在元宵之夜都洒落在人间，一派光明景象。这样的景象，在另一位唐代诗人崔液的诗中也可体会：“玉漏铜壶且莫催，铁关金锁彻夜开。谁家见月能闲坐，何处闻灯不看来。”李商隐也写过元宵的诗：“月色灯山满帝都，香车宝盖隘通衢。身闲不睹中兴盛，羞逐乡人赛紫姑。”写元宵之夜的欢喜和热闹，还有元好问的《京都元夕》：“袨服华妆着处逢，六街灯火闹儿童。长衫我亦何为者，也在游人笑语中。”读这些光影摇曳、欢声漾动的诗句，感觉古时的元宵之夜，盛况不亚于现代。

古人在诗词中写元宵的灯，最令我难忘的，是宋代辛弃疾的《青玉案·元夕》：“东风夜放花千树，更吹落，星如雨。宝马雕车香满路，凤箫声动，玉壶光转，一夜鱼龙舞。”词中描绘的景象，璀璨绚烂如仙境。元宵节的灯，是梦想，是艺术，是黑暗中人心的灿烂绽放，词人的想象和咏叹，皆出自于此。此篇下半阕也写得情趣盎然："蛾儿雪柳黄金缕，笑语盈盈暗香去。众里寻他千百度，蓦然回首，那人却在，灯火阑珊处。"本来写的也是元宵之夜观灯的景象，内中暗藏故事，有人窥见曲折恋情，也有人看到诗人孤高自赏的品格，因为含蓄，更见其美妙。最后那几句，后来被王国维在《人间词话》中巧妙引用，成为"古今成大事业、大学问者"必经过的三种境界之最高境界，辛弃疾自己恐怕怎么也不会想到的。

王国维的引用，其实背离了诗人本意。我相信辛弃疾写的是元宵之夜的情人相约。写这一题材，还有一阕题为《生查子·元夕》的词更出名："去年元夜时，花市灯如昼。月上柳梢头，人约黄昏后。今年元夜时，月与灯依旧。不见去年人，泪湿春衫袖。"我最初读这篇作品，知道作者是欧阳修，后来在朱淑真的诗词集中，也见到这首。两个人中到底谁是原作者，是个悬案。这首词，写的是人间情爱，短小的篇幅中，蕴含着恋人的悲欢离合，可以让读者产生丰富的联想。

古人的浪漫，在元宵的灯花光影中得到了充分展现，千百年来，有多少恋人在花灯如昼的夜晚幽会，倾诉衷肠。现在中国的年轻人热衷于西方的情人节，其实元宵节也可以看作中国的情人节。追求光明，寻找爱情，在光明的世界中为爱而团圆，这是人类的永恒梦想。

（2007 年 3 月 1 日）

在苦难中歌吟

杜甫的诗中多悲情，多民间疾苦。“朱门酒肉臭，路有冻死骨”,“安得广厦千万间,大庇天下寒士俱欢颜”,这些诗句，已经成为标志性的杜诗。杜甫一生经历了很多颠沛流离，在离乱中有丧亲之痛，也目睹了无数人间惨象，他的诗笔时常流露出沉重和忧伤，非常自然。

很多年前，我曾在甘肃成县寻访杜甫的屐痕。成县也就是古时同谷，躲避战乱的杜甫一家曾在那里度过最凄苦的一个月。在那里，杜甫忍饥受冻，无奈地看着自己的几个孩子在饥寒中死去。日子再悲苦，诗人却依然写诗，杜甫的《同谷七歌》是一些痛彻心肺的呻吟，曾经使很多人读之泪下。《同谷七歌》的第一首，杜甫是为自己画像："有客有客字子美，白头乱发垂过耳。岁拾橡栗随狙公，天暮日寒山谷里。中原无书归不得，手脚冻皴皮肉死。呜呼！一歌兮歌已哀，悲风为我从天来。"第二首，他写给当时赖以活命的农具："长镵长镵白木柄，我生托子以为命。黄独无苗山雪盛，短衣数挽不掩胫。此时与子空归来，男呻女吟四壁静。"在大雪覆盖的山野中挖黄独，却一无所得，空手而归，草屋中断炊熄火，只有痛苦的呻吟。那真是饥寒交迫的景象。杜甫的《同谷七歌》，真实而深刻地写出了他当时的生态和心境，那种悲苦和凄凉渗透着泪和血，因真实而震撼人心。

同谷也有一个杜甫草堂，那是荒山脚下的简陋茅舍，背后是峻峭的仙人崖，前面是急流汹涌的青泥河。杜甫当年住过的草房早已无迹可寻，我看到的草堂是现代人所建，不过位置大概不会错。住在这险山恶水侧畔，忍受着饥寒孤独，杜甫却仍不间断写诗。曾有人批评杜甫的《同谷七歌》，说他写得太凄苦，只是悲叹穷老作客，对前途没有一点希望的前瞻。杜甫到同谷那年四十八岁，正值壮年，未入老境，不该写得如此悲观。这样的批评实在可笑。批评者如果设身处地想一下，假如你陷入这样的困境，贫病交加，饥寒相迫，子女夭折，而且不知明天会有什么更可怕的景象出现，你会写出什么样的诗呢？

参观同谷杜甫草堂之后，我很仔细地重读了《同谷七歌》，也读了他在这一时期写的其他诗歌，对这位忧国忧民的大诗人更多了几分敬重。《同谷七歌》在杜诗中显得特别，似乎不循规矩，直抒胸臆，写得自由而随意，但却创造出一种新的形式。这些诗，并非杜甫的自怜自哀，其中也有对他人的关怀。七首诗中，前面两首是描述自家的困境和苦难，第三、第四首是对远方弟、妹的怀念：“有弟有弟在远方，三人各瘦何人强”，“有妹有妹在钟离，良人早殁诸孤痴”。第五、第六首是对险恶自然的描绘：“四山多风溪水急，寒雨飒飒枯树湿”，“南有龙兮在山湫，古木巃嵸枝相樛”。在描绘险山恶水时，诗人还是没有忘记憧憬美好：“六歌兮歌思迟，溪壑为我回春姿”，“七歌兮悄终曲，仰视皇天白日速”。

在写《同谷七歌》的同时，杜甫还写了不少旅途感怀，以他绮丽雄浑的诗句，讴歌大自然的雄奇，并不时表达对沿途难民的同情和关切。值得一提的是《凤凰台》，面对“山峻，人不能至其顶”的险峰，杜甫担忧山顶的凤凰：“安得万丈梯，为君上上头。恐有无母雏，饥寒日啾啾。”为救助雏凤，他愿意剖心献血：“我能剖心出，饮啄慰孤愁”，“血以当醴泉，岂徒比清流”。而作如此牺牲为的是“再光中兴业，一洗苍生忧”。在落难受苦之时，还能在诗中展示如此境界，这就是一个伟大诗人的襟怀和品格。

（2007 年 3 月 15 日）

慈母和游子

孟郊因为一首《游子吟》，成为现代中国人最熟悉的古代诗人之一，也许是古诗中写母爱的作品不多，写得好的更少。孟郊以寥寥三十字，写出了慈母对儿子的关心和爱，也写出了儿子对母亲的感恩："慈母手中线，游子身上衣。临行密密缝，意恐迟迟归。谁言寸草心，报得三春晖。"诗中慈母为即将远离家门的游子缝衣的形象，世代流传，感动了无数读者。其实，这首诗中意味深长的不是前面四句，而是最后那两句，母爱博大如无边春晖，儿辈是承受阳光的小草，永远报不尽母恩。这样的感慨，千百年来使所有为儿女的读者心生共鸣。

古人写母爱的诗篇，其实也还有一些。韩愈诗中，有描写母亲送儿子的诗句："白头老母遮门啼，挽断衫袖留不止。"这样的场面，同样撼人心魄。清代诗人黄景仁的《别老母》，写母子离别的情景，读来催人泪下："搴帏拜母河梁去，白发愁看泪眼枯。惨惨柴门风雪夜，此时有子不如无。"和孟郊的《游子吟》相比，这些诗写得更为悲切凄凉。

白居易的《慈乌夜啼》，讴歌乌鸦反哺，针砭世态，抨击人间不孝者，很值得一读：

慈乌失其母，哑哑吐哀音。昼夜不飞去，经年守故林。夜夜夜半啼，闻者为沾襟。声中如告诉，未尽反哺心。百鸟岂无母，尔独哀怨深。应是母慈重，使尔悲不任。昔有吴起者，母殁丧不临。嗟哉斯徒辈，其心不如禽。慈乌复慈乌，鸟中之曾参。

此诗中，以大半篇幅描写乌鸦丧母后的悲伤，丧母慈乌的半夜哀音，令人心颤心惊。诗的下半段，因慈乌的哀痛而联想到人间的冷漠不孝者，两相对照，那些不孝之徒，“其心不如禽”，是人面禽兽。

孝道是中国传统文化中重要的内容之一，中国古代文人都以不孝为耻。不能服侍孝敬母亲，是很多人的苦痛和遗憾。很多年前读过一首题为《暴雨途中二十韵》的古诗，曾被诗中的凄苦景象和诗人的深情打动：

> 停车茫茫顾，困我成楚囚。感伤从中起，悲泪哽在喉。慈母方病重，欲将名医投。车接今在急，天竟情不留！母爱无所报，人生更何求！

这应该是作者真实的经历，母亲病重，诗人驱车接母亲就医，却遭遇暴风雨，被困在途中难以成行。此时，想到家中病榻上的母亲，悲恨交集，发出“母爱无所报，人生更何求！”的由衷感叹。

写对母亲的情感，清代诗人周寿昌的《晒旧衣》最为动人：“卅载绨袍检尚存，领襟虽破却余温。重缝不忍轻移拆，上有慈亲旧线痕。”诗人把一件有三十年历史的旧衣当成宝贝，为什么？因为这是慈母缝制，一针一线都凝聚着母爱，睹物思人，回忆母亲的恩泽，情思绵绵。这首诗，很自然会让人联想起孟郊的《游子吟》，不能说是周寿昌模仿孟郊，实在是人间太多这样的母子深情。

孟郊的故乡在浙江德清，这两年，德清连续举办“孟郊奖·慈母游子情”华语散文大奖赛。作为评委，我读到了来自世界各地的应征文章，那些真情的文字和温馨的故事，使我感慨。一首古诗，经历了千百年，依然有这么多读者为之共鸣为之动容，这是诗歌的魅力，是艺术的力量，更是因为人间亲情的绵延不绝。

（2007 年 3 月 22 日）

杜鹃啼血

杜鹃，在汉语词汇中，是花，也是鸟。

杜鹃是多年生灌木，品种繁多，花开缤纷七色，以红色居多。春天山野中，杜鹃是最常见的花，盛开时，漫山遍野殷红如火。江西民歌中的《映山红》、陕北民歌中的《山丹丹开花红艳艳》，唱的便是杜鹃花。

杜鹃作为鸟名，含意更为丰富。杜鹃，就是布谷鸟，又名子规、杜宇、子鹃。如果生活在乡村，在春夏时分，能听到杜鹃彻夜啼鸣，如歌如吟，如泣如诉，引人遐想。

我年轻时在崇明岛插队落户，经常听到杜鹃的鸣唱，那声音总是从远处传来，在田野中飘绕不绝。那时人们都把杜鹃看作报春鸟，“布谷声声”是督促农民播种耕耘。但在我听来，杜鹃的啼鸣，总有凄苦悲凉之感，或许是因为联想到那些古老的传说。

杜鹃花如何成了杜鹃鸟？唐代诗人成彦雄写的一首五绝作了很妙的回答：“杜鹃花与鸟，怨艳两何赊。疑是口中血，滴成枝上花。”

我没有仔细看过杜鹃的样子，但知道杜鹃有红色的嘴，富有想象力的古人以为这是啼血所致。杜鹃鸣唱时节，正是杜鹃花盛开之际，于是便有了“疑是口中血，滴成枝上花”的联想。中国古代有“望帝啼鹃”的神话。望帝是传说中周朝蜀地的君主，名杜宇，不幸国亡身死，魂化为鸟，哀啼不止，口中流血。“杜鹃啼血”在很多古人的诗中提及，杜鹃被称为杜宇由此而来。李商隐的《锦瑟》中，“望帝春心托杜鹃”引用的就是这个典故。因为这样的故事和传说，出现在古诗词中的杜鹃，多与凄惘和悲苦相关联。如李白

《闻王昌龄左迁龙标，遥有此寄》：“杨花落尽子规啼，闻道龙标过五溪。我寄愁心与明月，随风直到夜郎西。”白居易《琵琶行》：“杜鹃啼血猿哀鸣。”秦观《踏莎行》：“可堪孤馆闭春寒，杜鹃声里斜阳暮。”辛弃疾《定风波》：“百紫千红过了春，杜鹃声苦不堪闻。”贺铸《忆秦娥》：“三更月，中庭恰照梨花雪。梨花雪，不胜凄断，杜鹃啼血。”王令《送春》：“子规夜半犹啼血，不信东风唤不回。”

文天祥晚期的诗歌，多悲切之情。国破家亡，前景渺茫，他曾以杜鹃的形象寄托自己的情思：“草合离宫转夕晖，孤云漂泊复何依。山河风景元无异，城郭人民半已非。满地芦花和我老，旧家燕子傍谁飞！从今别却江南路，化作啼鹃带血归。”这首题为《金陵驿》的七律，生动表达了因国破家亡而生发的忧伤沉痛。

杜鹃的啼鸣，在很多游子的耳中，仿佛在诉说“不如归去”，诗人常因杜鹃之鸣而撩动乡愁。范仲淹有诗云：“夜入翠烟啼，昼寻芳树飞。春山无限好，犹道不如归。”

杜鹃，不仅是花和鸟，也是中国古诗中含意幽邃的意象，值得玩味。

（2007 年 3 月 29 日）

冷翠烛下人鬼情

世上本无鬼，活人杜撰之。人间有无数关于幽灵和鬼怪的故事，或诡异怪诞，或惊悚恐怖，或幽默滑稽，或凄婉优美。鬼故事是民间口头文学创作中最活跃的部分，很多故事从古传到今，生生不息。蒲松龄当年被民间的传说吸引，写出《聊斋志异》，成为人类文学史中最美妙的鬼怪灵异故事。我在乡村生活过，也从农民口中听说不少鬼怪故事，那是民间的智慧，是中国人在艰辛苦难中自娱自乐、创造欢乐的一种方式。

诗人也写鬼，我读过一些鬼气森森的诗，读后难忘。李贺被人称为“诗鬼”，并非他专写鬼，而是他诗中那种狂放无羁的诡异之气。不过，李贺也在诗中描绘过幽冥世界，他的《苏小小墓》，就是如此。苏小小是南齐名妓，也是一代才女，能歌舞，善诗文。她死后，她的坟墓成为江南的风景。古时传说，苏小小墓地上，“风雨之夕，或闻其上有歌吹之音”。这其实是民间的鬼故事。李贺来到苏小小墓上，感觉和这位命运多舛的才女心灵相通，仿佛遇见了这位佳人。且看他怎么写苏小小的幽灵：

幽兰露，如啼眼。无物结同心，烟花不堪剪。草如茵，松如盖。风为裳，水为佩。油壁车，夕相待。冷翠烛，劳光彩。西陵下，风吹雨。

这首词把读者引进一个凄美的幽冥世界，描绘了一位冥界佳人，她飘忽无形，似有若无，衣裙如微飔，妆饰如静水，目光如兰花上的晶莹的露珠。然而她孤独无助，在幽冷鬼火和凄风苦雨中，作着永无结果的等待。古乐府中有《苏小小歌》："我乘油壁车，郎乘青骢马。何处结同心，西陵松柏下。"李贺在此诗中，将古乐府中关于苏小小的故事和意象融于一体，也把生和死、人世和冥界融于一体，虽是写鬼，却有人间的真情。生时的遗恨，延续到阴间；幽灵重访人世，依旧孤寂怅然。这首诗中流露出来的悲凉和凄美，其实也是诗人自己的心境写照。

李贺不愧大诗人，写鬼，写得凄凉飘忽，幽深优美，让读者产生很多遐想。不过，诗人写鬼，一般是心有悲情，李贺的诗中出现阴森鬼气，其实是借景抒情，宣泄胸中的郁闷和悲哀。他并不直接表露，而是把情绪隐藏在神秘的意象中，这是真正的诗人之道。且再看他的一首鬼气十足的诗——《感讽》之三：

南山何其悲，鬼雨洒空草。长安夜半秋，风前几人老。低迷黄昏径，袅袅青栎道。月午树无影，一山唯白晓。漆炬迎新人，幽圹萤扰扰。

想象诗人一个人在夜间彳亍空山，环顾四周，鬼雨凄草，树影幽径，野冢磷火，阴森凄凉中，能感叹的只能是人生悲剧。岁月催人老，生死之间、人鬼之间，只是一念之差、一纸之隔吧。

（2007 年 4 月 5 日）

弦管暗飞声

古人诗中描绘的音乐，我们大多已经无法听到。然而那些吟咏音乐的诗篇直到今天依然令我神往。

白居易的《琵琶行》中那些美妙的诗句，已成为中国人记忆中最熟悉的诗句："大弦嘈嘈如急雨，小弦切切如私语。嘈嘈切切错杂弹，大珠小珠落玉盘……银瓶乍破水浆迸，铁骑突出刀枪鸣。曲终收拨当心画，四弦一声如裂帛。"把琵琶的声音转化成这样的文字，是天才所为。

唐人诗中，写弹琴的诗很多，其中不少写得非同一般。如李白的五律《听蜀僧濬弹琴》：“蜀僧抱绿绮，西下峨眉峰。为我一挥手，如听万壑松。客心洗流水，余响入霜钟。不觉碧山暮，秋云暗几重。”其中“为我一挥手，如听万壑松”两句，是典型的李白风格，既有想象力，也有气势。

常建的《张山人弹琴》也写得传神：“君去芳草绿，西峰弹玉琴。岂惟丘中赏，兼得清烦襟。朝从山口还，出岭闻清音。了然云霞气，照见天地心。玄鹤下澄空，翩翩舞松林。改弦扣商声，又听飞龙吟。稍觉此身妄，渐知仙事深。其将炼金鼎，永矣投吾簪。”琴声中，云霞缭绕，仙鹤翔舞，还有飞龙歌吟，这当然是诗人的想象。琴声驱散了现实世界中的喧嚣烦乱，把人引入仙境。

写琴的诗中，流传较广的是韩愈的《听颖师弹琴》，其中“浮云柳絮无根蒂，天地阔远随飞扬”，是韩愈描绘琴声的名句。此诗我曾在《诗和琴》一文中谈过，不再重复。宋人晏几道的《菩萨蛮》写弹筝，也值得一读："哀筝一弄湘江曲，声声写尽湘波绿。纤指十三弦，细将幽恨传。当筵秋水慢，玉柱斜飞雁。弹到断肠时，春山眉黛低。"晏几道写的是"哀筝"，通篇都是哀声，其实也是游子的乡愁。

古诗中的音乐常和乡愁相连。弹琴如此，吹笛也一样。李白也描写过笛声："谁家玉笛暗飞声？散入春风满洛城。此夜曲中闻折柳，何人不起故园情。"这首诗题为《春夜洛城闻笛》，诗中并没有直接写笛声，只"暗飞声"三字，却传神地写出了笛声的哀怨婉转。夜色中隐约飘来的玉笛声，吹奏的是故乡熟悉的曲子，触动乡愁是极自然的事情。中唐诗人张祜有绝句《听简上人吹芦管》，也是一首写音乐的佳作："细芦僧管夜沉沉，越鸟巴猿寄恨吟。吹到耳边声尽处，一条丝断碧云心。"此诗和李白的《春夜洛城闻笛》有异曲同工之妙：一是玉笛，一是芦管，却都是回旋在夜色中的思乡哀曲，而且都隐约朦胧；一是"暗飞声"，一是"耳边声尽"，在玉笛声中生出的"故园情"，和在芦笛声中引发的"碧云心"，意思也是相近的。

谈到古诗中的音乐，不能不提一下李贺的《李凭箜篌引》。箜篌何物？这是古代的弦乐器，现代人已不识其面。不过，读一读李贺的诗，可以想象它奏出的奇妙音乐：“吴丝蜀桐张高秋，空山凝云颓不流。江娥啼竹素女愁，李凭中国弹箜篌。昆山玉碎凤凰叫，芙蓉泣露香兰笑。十二门前融冷光，二十三丝动紫皇。女娲炼石补天处，石破天惊逗秋雨。梦入神山教神妪，老鱼跳波瘦蛟舞。吴质不眠倚桂树，露脚斜飞湿寒兔。”天上人间的奇景幻象，纷纷出现在诗中，凤凰叫、芙蓉泣、香兰笑、老鱼跳、瘦蛟舞，这些声音，谁也没有听见过，李贺这样写，看似荒诞，却把音乐的奇美和神秘表现得淋漓尽致。

（2007 年 4 月 19 日）

江畔独步寻花记

苏东坡喜欢杜甫的诗，在为他人写字时常常抄杜诗，但他却偏偏不选名篇，而写杜诗中那些偶尔流露浪漫性情的词句，如《江畔独步寻花》：

> 黄四娘家花满蹊，千朵万朵压枝低。留连戏蝶时时舞，自在娇莺恰恰啼。

东坡在他的一篇小品中这样议论：“此诗虽不甚

佳，可以见子美清狂野逸之态，故仆喜书之。昔齐鲁有大臣，史失其名。黄四娘独何人哉，而托此诗以不朽，可以使览者一笑。”这篇短文的结论，似乎是达官贵人不如妓女。大臣的显赫在他当权时，时过境迁，便被人忘记得干干净净；而一个青楼佳人，却因为诗人的描写而千古留名。这其实也是对文学和艺术影响力的赞美。这样的文字很自然地使我想起李白的诗句：“屈平词赋悬日月，楚王台榭空山丘。”黄四娘和屈原当然不能同日而语，屈原的诗篇如日月高悬，永世不落，而黄四娘只是一个青楼女子，但是杜诗不死，四娘也就活在他的诗中。

苏东坡关于《江畔独步寻花》的这段议论，使我想起莎士比亚的一首诗：

无论我是活着为你撰写墓志铭，
还是你活着而我已在地下腐烂，
即便我已被世界遗忘得一干二净，
死神却无法把我对你的赞美夺走。

你的名字将在我的诗中得到永生。
尽管我已死去，在人间销声匿迹，
留在大地上的只有一座荒坟野冢，
而你却会长留在人们的视野里。
未来的眼睛将对你百读不厌，
未来的舌头也将对你长诵不衰，
而现在呼吸的人们早已长眠。
我强劲的笔将使你活在蓬勃的世界上，
在活动的人群里，在人们口中。

莎士比亚的这首诗，被译成中文后读来有点拗口，我想那是翻译的问题，不过这首诗的意思很明白。诗人的生命，虽然和任何人一样卑微——生命结束，一切都终结——然而真正的诗和艺术不死，诗中讴歌的人和事物，不会随诗人的生命消失。莎士比亚诗中的“你”，是人间永远的秘密，谁也无法知晓那个“你”是谁，但她（或者他），正如诗人所说，“你”将因为这些诗句的流传，活在人们的眼睛里，活在人们的吟诵中。莎士比亚诗中的“你”，和杜甫笔下的黄四娘，在这一点上有相同的命运，因为诗歌的传世，他们永远地活下来，活在一代代吟诵这些诗歌的读者的眼睛里，活在读者的吟诵中。

今天读《江畔独步寻花》，仍能感受到杜甫写此诗时欢悦轻松的心情。他一个人在江畔寻找美景，归来后作诗，满纸都是黄四娘家里的美景，繁花盛开，彩蝶飞舞，娇莺啼鸣，似乎没有人物出现，其实诗中所有的意象都和黄四娘有关，都是在写诗人和黄四娘共度的美妙时光。谁也不知道和杜甫同时代的黄四娘的故事，她的美貌、她的热情、她和诗人之间的交往，早已模糊得找不到任何影踪，但是杜甫的诗活着，黄四娘就活着，而且可以引出读者的无穷想象。

（2007 年 4 月 26 日）

蛙鼓声声

儿时背诵的古诗中，有宋人赵师秀的《约客》：“黄梅时节家家雨，青草池塘处处蛙。有约不来过夜半，闲敲棋子落灯花。”中国人熟悉这首诗的前面两句，因为诗人用最通俗明白的语言，描绘出乡村初夏最常见的景象，人人读了都会有共鸣。江南夏夜的蛙鸣，是美妙的天籁之声，记得童年到乡下，曾经被蛙声震惊。白天玩得疲劳，晚上倒头便入睡，夜间做梦竟到了战场上，只听见枪炮噼啪，金鼓齐鸣，震天动地的声音将我惊醒。醒来，那巨大的声音仍在我耳畔回响，一阵响似一阵，如万人擂鼓，轰鸣不绝，整个世界都被这声浪填满。这是青蛙的大合唱，是生命在天地间发出的奇妙呼喊。年轻时也曾在城乡交界处住过，初夏时也夜夜听到蛙鸣，现在回想依然觉得美妙。

古代的诗人当然不会忽略了这大地上的奇妙天籁。在我读到的古诗中，凡出现蛙鸣，大多是美妙的声音，如唐代贾弇的五绝《孟夏》："江南孟夏天，慈竹笋如编。蜃气为楼阁，蛙声作管弦。"吴融的《蛙声》："稚圭伦鉴未精通，只把蛙声鼓吹同。君听月明人静夜，肯饶天籁与松风。"周朴的《春中途中寄南巴崔使君》："旅人游汲汲，春气又融融。农事蛙声里，归程草色中。"来鹄的《清明日与友人游玉粒塘庄》："风急岭云飘迥野，雨余田水落方塘。不堪吟罢东回首，满耳蛙声正夕阳。"还有很多写到蛙鸣的诗句，读来都让人感觉余韵不绝，如"蛙鸣夜半寻荷塘，误作星辰友人灯"；"何处最添诗兴客，黄昏烟雨乱蛙声"；"昨夜蛙声染草塘，月影又敲窗"。

贾弇在诗中把蛙声比作“管弦”，虽然有想象力，但其实有点勉强。古人称蛙鸣为“蛙鼓”，那才是形象的比喻。宋人王胜之有佳作：“蛙鼓鸣时月满川，断萤飞处草迷烟。敲门欲向田家宿，犹有青灯人未眠。”蛙声确实如擂鼓，而且常常是万鼓齐擂，颇有声势，难以想象这些小小的青蛙竟能发出如此的声音。

写到蛙声的古诗词，除了“黄梅时节家家雨，青草池塘处处蛙”，最脍炙人口的大概是辛弃疾《西江月·夜行黄沙道中》：

> 明月别枝惊鹊，清风半夜鸣蝉。稻花香里说丰年，听取蛙声一片。　　七八个星天外，两三点雨山前。旧时茅店社林边，路转溪桥忽见。

这是辛弃疾夜过江西上饶农村沿途的感受。在稼轩词中，这是写得很优美的一首。乡村的丰收景象，引发了词人的好心情，这样愉悦的情绪，在他的作品中很难得。辛弃疾的词，更多的是苍凉，是蕴含着凄楚的刚健，出现的蛙声未必都这样优美，他在《谒金门》中写到的蛙声，就是完全不同的心情：“流水高山弦断绝，怒蛙声自咽。”以万鼓齐擂般的蛙声表现这样的激昂悲愤，也很自然。

齐白石晚年曾以“蛙声十里出山泉”为题作画，是作家老舍为他出的题目，取自清人查慎行的诗句。这是一个难题，画笔如何描绘蛙声，而且是“蛙声十里”。白石老人不愧为大师，用很简洁巧妙的构思，完成了这个命题，他画了一条流动的山泉，水中只有几条活泼的小蝌蚪顺流而下，留给读者幽远阔大的想象空间。

已很久没有听见蛙声了，此刻时值初夏，不知江南的乡村之夜，是否还回荡着响彻天地的蛙声。

（2007年5月10日）

怎一个愁字了得

在很多人的印象中，李清照是一个刚烈女子，这是因为她那首只有二十字的《夏日绝句》：“生当做人杰，死亦为鬼雄。至今思项羽，不肯过江东。”如此浑厚而有气势有风骨的诗，出自一个纤柔女子之手，实在让人惊叹。这首诗表面上是赞扬项羽，其实是批评当时的朝廷在外敌侵犯时偷安南逃，没有骨气。和她同时代的男诗人，有几个能写出这样血气方刚的诗？

其实，李清照的诗词中，更多的是愁绪，千回百转，都是凄楚愁苦。这和她生活的时代有关，国破家亡使她难得欢颜，即便面对大自然的美景，撩动于心的，还是一个愁字。且看那个“愁”字，如何出现在她的词中：“薄雾浓云愁永昼，瑞脑消金兽”（《醉花阴》）；“寂寞深闺，柔肠一寸愁千缕”（《点绛唇》）；“闻说双溪春尚好，也拟泛轻舟。只恐双溪蚱蜢舟，载不动，许多愁”（《武陵春》）；“梅蕊重重何俗甚，丁香千结苦生。熏透愁人千里梦，却无情”（《摊破浣溪沙》）；“花自飘零水自流，一种相思，两处闲愁”（《一剪梅》）；“独抱浓愁无好梦，夜阑犹剪灯花弄”（《蝶恋花》）；“黄昏院落，凄凄惶惶，酒醒时往事愁肠”（《行香子》）；“梦断漏悄，愁浓酒恼”（《怨王孙》）；“酒从别后疏，泪向愁中尽。遥想楚云生，人远天涯近”（《生查子》）……

古代诗人中，作品中“愁”字用得如此频繁，很少见。她的很多作品中即便没有出现“愁”字，然而通篇都是愁绪。如《好事近》中“梦魂不堪幽怨，更一声啼鴂”，《清平乐》中“采尽梅花无好意，赢得满衣清泪”。李清照写愁绪，不是无病呻吟，家国身世，都使她心情郁闷，把这种情绪转化为形象的文字，是真正的艺术。心怀愁绪的词人，在夜间更感觉孤独无助，且读《如梦令》，这是一个孤苦词人的自画像：

谁伴明窗独坐？我共影儿两个。灯尽欲眠时，影也把人抛躲。无那，无那，好个恓惶的我。

上面这阕《如梦令》，起初不被认为是李清照的作品，后人在编《乐府雅词》时，署名作者为向滈。不过在我的记忆中，一直把它当作李清照的词，觉得这是一个女词人的感受。

李清照的词，最脍炙人口的是那首《声声慢》，词中那种孤寂愁苦的心境和气氛，可以说是前无古人：

寻寻觅觅，冷冷清清，凄凄惨惨戚戚。乍暖还寒时候，最难将息。三杯两盏淡酒，怎敌他晚来风急！雁过也，正伤心，却是旧时相识。

满地黄花堆积，憔悴损，如今有谁堪摘？守着窗儿，独自怎生得黑！梧桐更兼细雨，到黄昏，点点滴滴。这次第，怎一个愁字了得！

她作品中的那些叠字，成为宋词中独特的景观，而叠字的运用，成功地渲染出她作品中浓郁的愁绪。李清照是一个有独创性的词人，不仅文字美妙，诗词中的意象，也常常新意迭出。她曾将自己的《醉花阴》寄给丈夫赵明诚，其中有“莫道不销魂，帘卷西风，人比黄花瘦”，写相思之苦，将人比黄花，异想天开，满纸愁绪。赵明诚也写了五十首词，把李清照那三句夹在其中，请一位名诗人品评，那诗人读后评价：“只三句绝佳。”

（2007 年 5 月 17 日）

古人咏柳

最近去悉尼，住在情人港附近的一家宾馆中，向窗外俯瞰，正好面对一个名为“谊园”的中国园林，只见小桥流水和亭台楼阁掩映在树丛中。园林里，最怡人视线的是柳树，我数了一下，总共不到二十株，却形成了一片美妙的中国风景，风吹过，绿浪漾动，飘逸柔美，使我想起西湖畔的柳浪闻莺。这是我梦中的故乡景象。

触景生情，也想起中国古诗中那些咏柳的妙句。

古人写柳树，流传最广的是贺知章的《咏柳》：“碧玉妆成一树高，万条垂下绿丝绦。不知细叶谁裁出，二月春风似剪刀。”这首诗的第一句，以“碧玉”喻指柳树，总觉得有些牵强，碧玉有其翠绿，却无法让人联想到柳荫的飘逸柔美，我至今读来仍无共鸣。此诗广为流传，主要是后面的两句，把春风比作剪刀，裁剪出满树柳叶，这奇思妙想，确实是贺知章的独创。这首诗写柳树，也传达了春天来临时欢快清新的心情。

印象中还有几首吟咏柳树的诗，虽不如贺知章这首，也值得一读。宋人杨万里写过《新柳》：“柳条百尺拂银塘，且莫深青只浅黄。未必柳条能蘸水，水中柳影引他长。”贺知章写了春风里的一株柳树，杨万里却写了湖畔的一片柳林，还描绘了水中倒影，犹如一幅湿润的水彩画。清代高鼎的《村居》，形象地描绘了早春二月的美景，其中也有柳树的影子：“草长莺飞二月天，拂堤杨柳醉春烟。儿童散学归来早，忙趁东风放纸鸢。”李商隐也写柳树，那是另外一番景象：“曾逐东风拂舞筵，乐游春苑断肠天。如何肯到清秋日，已带斜阳又带蝉。”李商隐这首题为《柳》的七绝，写的是秋风中的柳树，在夕阳蝉鸣中，回首昔时春光，引发于心的，是苍凉和失落。

白居易有一首咏柳七律《题北路旁老柳树》，也许熟悉的读者不多，他写的是一棵无人看顾的柳树，枝短叶凋，垂垂老矣：“皮枯缘受风霜久，条短为经攀折频。但见半衰当此路，不知初种是何人。雪花零碎逐年减，烟叶稀疏随分新。莫道老株芳意少，逢春犹胜不逢春。”这样的老柳树进入诗人的眼帘，并被吟咏，其实还是借景抒情，借物喻人，感叹老人的晚景凄凉。最后那两句，让人读来尤其心酸。当二月春风裁剪着嫩柳细叶时，这棵衰凋的老柳树怎能不顾影自怜？

在中国古诗中，柳的形象含意很丰富。古人送别还乡，常和柳树相伴。李白《金陵酒肆留别》：“风吹柳花满店香，吴姬压酒唤客尝。金陵子弟来相送，欲行不行各尽觞。”郑谷《淮上与友人别》：“扬子江头杨柳春，杨花愁杀渡江人。数声风笛离亭晚，君向潇湘我向秦。”吴文英《风入松》：“楼前暗绿分携路，一丝柳，一寸柔情。”古人分别，折柳相送，“此夜曲中闻折柳，何人不起故园情”。汉语中的“依依惜别”，就来自《诗经》中的“昔我往矣，杨柳依依”。

（2007 年 5 月 24 日）

战城南

唐代不少边塞诗，有苍凉阔大的意境，也有英雄豪迈的气概。对戍边御敌的将士，诗中有不少赞美。这类诗丰富了唐诗的风格。卢纶的《塞下曲》是代表作，李白也写过类似的诗篇。

不过，对穷兵黩武，对战争和杀戮，大多数诗人都不会持赞赏的态度。李白的《战城南》，便是一首反战诗：

去年战，桑干源；今年战，葱河道。洗兵条支海上波，放马天山雪中草。万里长征战，三军尽衰老。匈奴以杀戮为耕作，古来惟见白骨黄沙田。秦家筑城备胡处，汉家还有烽火燃。烽火燃不息，征战无已时。野战格斗死，败马号鸣向天悲。乌鸢啄人肠，衔飞上挂枯树枝。士卒涂草莽，将军空尔为。乃知兵者是凶器，圣人不得已而用之。

李白这首诗中，叙事、抒情结合，把战争的残酷和对人类的伤害描述得惊心动魄。对士兵和百姓而言，长期的征战必定是苦痛和灾难，家园毁灭，生灵涂炭，满目凄惨。选择战争，就是选择了生离死别，选择了流血和死亡。姜子牙《六韬》中有议论："圣人号兵为凶器，不得已而用之"。李白直接引用此语，点明主题，作为诗的结论。

李白的《经乱离后天恩流夜郎忆旧游书怀赠江夏韦太守良宰》和《战城南》一样，也是表现战争的残酷，写得更是言简意赅："汉甲连胡兵，沙尘暗云海。草木摇杀气，星辰无光彩。白骨成丘山，苍生竟何罪。”这首诗使我联想到他的《塞下曲》：“将军分虎竹，战士卧龙沙。边月随弓影，胡霜拂剑花。”这是对战场勇士的歌颂，把战地的景象写得诗意盎然。而《战城南》和“汉甲连胡兵”，诗中出现的也是边地和战争的景象，却完全是另外一种恐怖的景象，诗人流露的，不是胜利者的豪气，而是悲天悯人的心情了。

写战争的残酷，很自然想到杜甫的《兵车行》，其中的诗句，读来让人心惊。诗中写军人出征时的悲苦情状，可以说是惨绝人寰：“耶娘妻子走相送，尘埃不见咸阳桥。牵衣顿足拦道哭，哭声直上干云霄。”战争的结果是什么呢？且看杜甫怎么描绘：“君不见青海头，古来白骨无人收。新鬼烦冤旧鬼哭，天阴雨湿声啾啾。”把战争的苦难和恶果写得如此深刻酣畅，也只有李白、杜甫这样的大诗人能做到。

我印象中，写战争的残酷，还有一首唐诗，读后无法忘怀。这是曹松的《己亥岁》：“泽国江山入战图，生民何计乐樵苏。凭君莫话封侯事，一将功成万骨枯。”

此诗广为流传，是因为最后一句："一将功成万骨枯。"无须解释，读者都会心生共鸣，尤其是从战场归来的士兵。曹松名气不大，这首诗却成为唐诗中的名篇。

（2007 年 6 月 21 日）

野渡无人

唐代文人善于以诗表现大自然的美妙，寥寥数行，便描绘出一幅意境幽远的山水风景画。汉字渲染色彩和构筑画面的能力，在唐诗中表现得登峰造极。写山水的唐诗佳作不胜枚举，有几首写的是乡间的普通风景，但在我的印象中却特别深刻，童年时诵读，至今心向往之。

韦应物的《滁州西涧》是唐诗中写景的名篇：

独怜幽草涧边生，上有黄鹂深树鸣。

春潮带雨晚来急，野渡无人舟自横。

韦应物这首诗中描绘的，是很寻常的自然景象：溪涧边的小草，树荫里的鸟鸣，傍晚雨中，春潮涌动，河边渡口没有艄公，没有渡客，只有一条渡船被流水推动，悠然横陈在河面。这样幽静恬淡的景色，听不见喧闹市声，看不到嘈杂人迹，只有自然和天籁不露形迹地飘飞流淌，让读者随之神思漾动。初读这首诗，说不清它表现的是什么意境，但却被吸引，被感动。尤其是生活在热闹都市中的人，会被这些诗句带到清幽的大自然中。简洁朴素的文字，却让人感受到一份野趣、一份超然物外的情怀。

韦应物是中唐诗人，写这首诗时，在做滁州刺史，是当地的高官。写这样的诗，是游览途中触景生情，偶然之得，似乎是表达一种悠闲的心情，但仔细品味，又不是那么简单。“独怜幽草”，被很多人解读为诗人安贫守节、不攀高媚权的胸襟；而“野渡无人舟自横”，也有人读出诗人的无奈，自己虽居高位，却无力改变世道的不公。这些解读，大概不能都算牵强附会，尤其是在了解诗人的经历和他所面临的世道之后。写景寄情很正常。但对现代的读者来说，这样的解读还是有点勉强。其实，就是在古代，也有人不同意过度解读这首诗，认为“此偶赋西涧之景，不必有所托意”，一首山水诗，写得自然优美，能让人共鸣，引人入胜，就是上品佳作。“野渡无人舟自横”成为千古名句，不是因为句中蕴含多少题外之意，而是因它巧妙地描绘出一种超然安宁的自然状态。我想，今人读这首诗，还是把它当成一幅宁静优美的山水画来欣赏更贴切。

晚唐诗人崔道融有七绝《溪居即事》，虽流传不广，却也值得一读：

篱外谁家不系船，春风吹入钓鱼湾。小童疑是有村客，急向柴门去却关。

这首诗也是用简朴的文字和平常的语言，描绘出优美恬静的水乡风景。和韦应物《滁州西涧》有异曲同工之妙，也是写水、写风、写船。韦应物写景不见人，而这首诗中却有人物出现。那个在春风里奔向柴门迎客的小童，是静谧山水画中灵活的一笔。

（2007 年 7 月 5 日）

参星和商星

参与商，是天空中的两颗星星。抬头仰望星空，却无法找到参星和商星。但我知道，这两颗星相距遥远，永无相逢的机会。杜甫诗“人生不相见，动如参与商”，活着而无法相会，那就如同空中的参星和商星。

杜甫的这两句诗是《赠卫八处士》的开首两句，这首诗是唐诗中流传很广的作品，在杜诗中也是很特别的一首。诗中，杜甫记叙了与一位分别二十年的老友相见，生出无穷感慨。青少年时代的知交，久别重逢，会出现怎样的景象？且读杜甫的《赠卫八处士》：

人生不相见，动如参与商。今夕复何夕，共此灯烛光！少壮能几时？鬓发各已苍。访旧半为鬼，惊呼热中肠。焉知二十载，重上君子堂。昔别君未婚，儿女忽成行。怡然敬父执，问我来何方。问答乃未已，儿女罗酒浆。夜雨翦春韭，新炊间黄粱。主称会面难，一举累十觞。十觞亦不醉，感子故意长。明日隔山岳，世事两茫茫。

卫八处士，史书中没有记载，不是官吏，也不是名人，是一个乡间隐士，不过毫无疑问，他是杜甫青年时代的好友。杜甫和卫八处士交往是在青春年少时，二十年后重逢，两人都已鬓发斑白，问起当年的朋友，很多已经离开人间。唏嘘间，看到未曾见过的下一代，分别时，友人还没有成婚，此时竟已儿女满堂。这是人生的收获，也是岁月的见证。儿女们是那么有礼貌，对父亲的朋友尊敬而友好。老友的招待很简单，清茶淡酒，韭菜黄粱，却胜似山珍海味，散发着友谊的温馨。在烛光下，老朋友举杯痛饮，一杯接一杯，酒逢知己，说不完的心里话。在诗中，杜甫把老友相见的场景及自己的心情写得生动而感人。当时正是战乱年代，和老友相逢生出劫后余生的感慨，人生聚散无常，别易会难。读这样的诗，能感受到诗人内心的沉郁和苍凉。这首诗语言平淡朴素，虽是简洁白描，却能打动人心，原因无他，只因诗人的真挚。其中对人生的感伤，对岁月的感叹，对友谊的赞美，今天读来仍引人共鸣。

古诗中，我偏爱五言诗。五言诗文字简洁，音韵铿锵，直抒胸臆，这也是《古诗十九首》千百年来魅力不衰的原因。杜甫的《赠卫八处士》和《古诗十九首》同出一辙，有汉魏气韵，也使人联想到陶渊明的创作。但杜甫诗中表现的是他的当下生活，情感内涵比汉魏古诗更丰富，也更复杂。杜甫的诗句似乎是随心所欲，信手写来，然而却跌宕有致，始终有一种扣人心弦的情感魅力，使人情不自禁随之叹息。全诗以“人生不相见”开篇，以“世事两茫茫”收场，苍凉之感溢于纸上，而诗中弥漫的温馨，则在苍凉之中萦回不尽。明末王嗣奭《杜臆》评价这首诗："信手写去，意尽而止，空灵婉畅，曲尽其妙。"清代浦起龙的《读杜心解》认为此诗："古趣盎然，少陵别调。一路皆属叙事，情真，景真，莫乙其处。"清代张上若说它"情景逼真，兼极顿挫之妙"。这些评价，我以为都切中要点，尤以两位清人的评价更为准确，如果不是真情流露，这样的诗不会如此动人。诗歌的形式和内容结合得如此完美，杜甫的《赠卫八处士》堪称典范。

（2007 年 7 月 12 日）

杜牧之叹

李白和杜甫都是唐代伟大的诗人，世称“李杜”。清人赵翼有《论诗绝句》：“李杜诗篇万口传，至今已觉不新鲜。江山代有才人出，各领风骚数百年。”讲的是诗坛人才辈出，很有道理。不过李白和杜甫，引领风骚却不是数百年，而是从古到今，千百年来一直是中国文学的骄傲。因李白、杜甫成就太辉煌，唐代的其他诗人，似乎都相形黯淡。晚唐诗人李商隐和杜牧，被合称为“小李杜”，如果没有盛唐的“李杜”，晚唐的“小李杜”也许可成为唐代诗坛最耀眼的巨星。

我曾在多篇文章中谈及李商隐，也想再说说杜牧。后人把杜牧称为“小杜”，那是对“老杜”杜甫而言。在我对唐诗的记忆中，杜牧的七绝作品最多而且印象深刻。童年最初背诵的唐诗中，有好几首是杜牧的作品，譬如《清明》：“清明时节雨纷纷，路上行人欲断魂。借问酒家何处有？牧童遥指杏花村。”这首诗是古诗中流传最广的作品之一，在中国可谓妇孺皆知。我至今仍记得当年外婆用唱歌般的调子教我吟诵这首诗的情景。另一首《秋夕》也是曾牵动我无限遐想的妙作：“银烛秋光冷画屏，轻罗小扇扑流萤。天阶夜色凉如水，坐看牵牛织女星。”用这样通俗平淡的语言，却表现出如此清新幽远的境界，实在是大家风范。《清明》这首诗中，没有一个难懂的字，就像是一首儿歌，然而却情景交融，意境清新幽远，成为唐诗中流传最广的作品之一。吟诵这些诗，也使我悟到唐诗为何能深入人心，被大多数中国人喜欢。

杜牧的诗以七绝成就最高。《唐诗三百首》的七绝这一栏中，杜牧独占鳌头，有九首作品收入，第二位是李商隐，收入七首。同栏中，李白两首，杜甫只有一首。我想了一下，我记住的杜牧诗作，都是七绝，除《清明》和《秋夕》，还有几首，每一首都堪称绝唱：

《山行》：远上寒山石径斜，白云生处有人家。停车坐爱枫林晚，霜叶红于二月花。

《江南春》：千里莺啼绿映红，水村山郭酒旗风。南朝四百八十寺，多少楼台烟雨中。

《过华清宫》：长安回望绣成堆，山顶千门次第开。一骑红尘妃子笑，无人知是荔枝来。

《泊秦淮》：烟笼寒水月笼沙，夜泊秦淮近酒家。商女不知亡国恨，隔江犹唱《后庭花》。

《寄扬州韩绰判官》：青山隐隐水迢迢，秋尽江南草未凋。二十四桥明月夜，玉人何处教吹箫？

《赤壁》：折戟沉沙铁未销，自将磨洗认前朝。东风不与周郎便，铜雀春深锁二乔。

《赠别》：多情却似总无情，唯觉樽前笑不成。蜡烛有心还惜别，替人垂泪到天明。

《遣怀》：落魄江湖载酒行，楚腰纤细掌中轻。十年一觉扬州梦，赢得青楼薄幸名。

以上作品中，有几首并未收入《唐诗三百首》，却也是七绝唐诗中流传很广的作品。这些诗千百年来一直被中国人吟诵且引用。很多人熟知这些诗句，却未必了解它们的作者。杜牧生在唐代都城长安，少年时代就展露才华，他博览群书，满腹经纶，希望能为恢复盛唐气象尽力，却生不逢时。杜牧期望的太平盛世，在他的有生之年没有出现。他无法施展自己的抱负，只能在诗中倾吐情怀。那些写景抒情的诗篇，优美中蕴含着忧伤，读来更为感人，古往今来，使多少落魄文人唏嘘共鸣。

（2007 年 7 月 26 日）

饮中八仙

在古代，诗和酒似乎密不可分，和酒有关的诗篇不计其数。杜甫在世人的印象中不如李白那么潇洒浪漫，也不像李白那样爱喝酒，但他也在诗中写酒。他的《饮中八仙歌》，描绘了他所钦敬的八位古时文豪的醉态，成为唐诗中和酒有关的名篇：

知章骑马似乘船，眼花落井水底眠。汝阳三斗始朝天，道逢麹车口流涎，恨不移封向酒泉。

左相日兴费万钱，饮如长鲸吸百川，衔杯乐圣称避贤。宗之潇洒美少年，举觞白眼望青天，皎如玉树临风前。苏晋长斋绣佛前，醉中往往爱逃禅。李白一斗诗百篇，长安市上酒家眠，天子呼来不上船，自称臣是酒中仙。张旭三杯草圣传，脱帽露顶王公前，挥毫落纸如云烟。焦遂五斗方卓然，高谈雄辩惊四筵。

诗中首先写到贺知章，虽只用了两句，却活画出贺知章的醉态。酒后骑马，如在云雾中起伏飘荡，“骑马似乘船”，是很有想象力的比喻。贺知章醉眼昏花跌落井底，在水中睡去。这是传说，现实中不太可能，如果从马上落井，必定即刻被人救起，而且一定狼狈不堪。不过这样的细节出现在诗中，则无不可。杜甫是用一种欣赏的姿态写酒醉落井的贺知章。此诗中第二位酒仙，是唐玄宗李隆基的侄儿，汝阳王李琎，这位皇侄，无视富贵，不恋权位，和当时的很多文人雅士结为知交，经常一起击鼓饮酒，此公路见麴车就满口流涎，可见其率真性情。接下来一位，是天宝元年左丞相李適之，此人被奸相李林甫排挤迫害而死。李適之罢相后，曾作诗曰“避贤初罢相，乐圣且衔杯”，“日兴费万钱”，豪“饮如长鲸吸百川”，以泄心中不平。这也是杜甫欣赏的人，诗中有赞赏，也有哀叹。第四位崔宗之，现代人不熟悉他，杜甫只用三句诗，便生动勾画出一个正直而潇洒的人物形象：举杯向天，白眼阅世，玉树临风。第五位苏晋，是当时的一个才子，能著妙文，也长斋拜佛，但此公却常常破戒饮酒，我行我素，不为佛法所囿。其逃禅偷饮，显露出真诚可爱的性格。

第六位酒仙便是李白，写李白的四句，可谓脍炙人口，千百年来被人们视为太白的文字画像。杜甫诗中，对李白的酒事如数家珍。李白诗文名动京城，唐玄宗曾封他为翰林，是一个闲职。心气高傲的李白为之郁闷，常常独自到长安的酒肆中饮酒解闷，很多佳作就是在酒后一挥而就的。据说唐玄宗和杨贵妃有一天在观赏牡丹时，突然想到让李白来为牡丹作诗。太监高力士找到李白时，他正在街头酒肆喝得酩酊大醉，已经无法上船入宫。高力士不由分说，扶着李白来到宫中。唐玄宗见李白带醉来见，颇不悦，认为他醉成这样，不可能写诗。李白却自称酒中仙，能酒后作诗。唐玄宗以为李白是说醉话，但还是让高力士给李白斟了酒。李白连饮三杯之后，不假思索，写出三首《清平调》，成为千古绝唱：

其一：云想衣裳花想容，春风拂槛露华浓。若非群玉山头见，会向瑶台月下逢。

其二：一枝红艳露凝香，云雨巫山枉断肠。借问汉宫谁得似，可怜飞燕倚新妆。

其三：名花倾国两相欢，长得君主带笑看。解释春风无限恨，沉香亭北倚阑干。

醉后之作竟然成为不朽诗篇，在人类的文学史中大概也是绝无仅有。这是诗仙李白创造的奇迹。

《饮中八仙歌》中写到的第七位酒仙，是草书大师张旭，张旭带醉书写狂草，在史书中有记载："吴郡张旭善草书，好酒。每醉后，号呼狂走，索笔挥洒，变化无穷，若有神助。"杜甫在诗中展现了张旭酒后挥笔的景象。最后一位焦遂，今人也陌生。传说焦遂口吃，平时结巴得说不成一句话，醉后却高谈阔论，妙语如珠，使闻者叹服。

杜甫写《饮中八仙歌》，其实并非赞酒，而是叹才。才人志士，醉态可掬，身醉而心神不醉，醉翁之意不在酒也。

（2007 年 8 月 2 日）

风流绝代说薛涛

成都的朋友赠我一份雅礼——一叠印有彩色图纹的宣纸信笺。这些彩色信笺名为“薛涛笺”。薛涛是唐代女诗人，当年成都城里有名的女才子。三十年前我第一次去成都，在望江楼花园听说过她的故事。花园中有“薛涛井”，传说薛涛就是用这口井中的水制作笺纸。望江楼花园中多竹，品种有数十种。当年我曾写过《望江楼记》，写竹，也写关于薛涛的传说。薛涛诗中有咏竹的名篇《酬人雨后玩竹》：“南天春雨时，那鉴雪霜姿。众类亦云茂，虚心宁自持。多留晋贤醉，早伴舜妃悲。晚岁君能赏，苍苍劲节奇。”在和竹有关的唐诗中，这是很出色的一首。

唐代有三位有名的女诗人，除了薛涛，还有李冶和鱼玄机。三人中，薛涛成就最高，存世的作品也最多。在《全唐诗》中，有她的一卷诗作，共八十九首。据传薛涛著有《锦江集》，收入诗歌五百首，可惜已失传。现在能读到的，只是她的一小部分作品。薛涛从小便显露出诗人才华，八岁时，她听到父亲指着花园里的梧桐吟诗“庭除一古桐，耸干入云中”，随口便接了两句：“枝迎南北鸟，叶送往来风。”薛涛父亲大惊，一是为女儿的才华，二是觉得这两句诗含意不祥，认为女儿日后可能会成青楼乐伎，后来果然如此。

薛涛虽是乐伎，但却因诗才过人而受人尊重。当时住在成都的文人雅士都和薛涛来往，并作诗酬唱。这些诗人中，有白居易、牛僧孺、令狐楚、张籍、杜牧、刘禹锡、张祜，还有元稹。

白居易写过《与薛涛》，是他题赠给薛涛的七绝：

“峨眉山势接云霓，欲逐刘郎此路迷。若似剡中容易到，春风犹隔武陵溪。”这样的诗，并非游戏应酬，可以感受到白居易对这位女才子的尊重。王建在诗中议论薛涛时，曾由衷感慨：“扫眉才子知多少，管领春风总不如。”薛涛的诗作被他推为女中之冠。

关于元稹和薛涛，要多说几句。薛涛四十二岁时，爱上了三十一岁的元稹，两人在成都度过了一年美好时光。这是没有结果的爱情，元稹最终还是离她而去。元稹离开成都时，薛涛曾写《送友人》相赠：“水国蒹葭夜有霜，月寒山色共苍苍。谁言千里自今夕，离梦杳如关塞长。”诗中的依恋和不舍，让人感动。薛涛的存诗中，还有不少寄远怀人的作品，有些大概也是为元稹而作，其中有动人的句子：“闺阁不知戎马事，月高还上望夫楼”，“知君未转秦关骑，月照千门掩袖啼”。元稹到扬州后，也写诗遥赠薛涛，诗中既有赞美，也有思念：“锦江滑腻峨眉秀，幻出文君与薛涛。言语巧偷鹦鹉舌，文章分得凤凰毛。纷纷辞客多停笔，个个公卿欲梦刀。别后相思隔烟水，菖蒲花发五云高。”

（元稹《寄赠薛涛》）这样的诗人之恋，在古代文学史中罕见。

薛涛存世的八十多首诗，我都读过，其中有一些印象颇深。譬如她的《春望词》四首，情感真挚细腻，是难得的佳作：

其一：花开不同赏，花落不同悲。欲问相思处，花开花落时。

其二：揽草结同心，将以遗知音。春愁正断绝，春鸟复哀吟。

其三：风花日将老，佳期犹渺渺。不结同心人，空结同心草。

其四：那堪花满枝，翻作两相思。玉箸垂朝镜，春风知不知。

这些诗中，有薛涛的自我写照，她的自怜自哀和自爱，悄然流露在优美伤感的文字中。这是男诗人写不出来的。

《全唐诗》这样介绍她："薛涛，字洪度。本长安良家女，随父宦，流落蜀中，遂入乐籍。辨慧工诗，有林下风致。韦皋镇蜀，召令侍酒赋诗，称为女校书。出入幕府，历事十一镇，皆以诗受知，暮年屏居浣花溪。着女冠服。好制松花小笺，时号薛涛笺。"

真正的"薛涛笺"究竟何等模样，今人已难知晓。当年，用"薛涛笺"书写诗文是文人的时尚。以现代的说法，薛涛是当年"引领时尚"的女明星。

薛涛的诗广为传诵的不多，但"薛涛笺"却一直流传至今。有人在一副对联中列数古人绝艺："少陵诗、摩诘画、左传文、马迁史、薛涛笺、右军帖、南华经、相如赋、屈子离骚，收古今绝艺，置我山窗。"薛涛的名字，赫然与屈原、杜甫、王维、司马迁、王羲之等人并列，这也是这位女诗人的荣耀了。

（2007 年 8 月 16 日）

相思渺无畔

中国古诗中，写男女情爱的作品不计其数，这是诗人常写常新的永恒主题。与现代诗和外国诗不同的是，古时诗人写爱情，很少以第一人称直接表达对爱情的渴望和对爱人的思念。陆游的《钗头凤》感叹自己的爱情悲剧，对昔日恋人直抒胸臆，在古人诗篇中是难得的一例。古诗中写男女情爱，诗人常常是以他人的口吻想象描绘的居多。闺怨是古人表现情爱的常见题材，所有的诗人创作都涉及这类题材。那些渴望得到爱情，却被冷落甚至抛弃的女性，她们的哀怨和愁苦大多通过男诗人的吟咏而得到表现。

譬如李白的两首五绝，一首题为《玉阶怨》：“玉阶生白露，夜久侵罗袜。却下水精帘，玲珑望秋月。”另一首题为《怨情》：“美人卷珠帘，深坐颦蛾眉。但见泪痕湿，不知心恨谁。”这是用诗句描绘的两幅怨妇图画，两个在夜色中孤独忧伤的女子，一个望月叹息，一个深坐垂泪。弦外之音，读者一看就明白，这是失恋女子的情态。

同类型的诗作，唐诗中不胜枚举。李端的七绝《闺情》，写一个相思女子通宵不眠：“月落星稀天欲明，孤灯未灭梦难成。披衣更向门前望，不忿朝来鹊喜声。”这首诗有意思的是最末一句，一夜苦想，美梦难成，早晨迎来的却是喜鹊鸣唱。可以想象一下，对一个愁苦到极点的孤独女子来说，听到那喜鹊的叫声，会是怎样的心情？李冶的《相思怨》，把相思女子的痴情写得感天动地：“人道海水深，不抵相思半。海水尚有涯，相思渺无畔。携琴上高楼，楼虚月华满。弹着相思曲，弦肠一时断。”此诗前半段议论，后半段写实，一个女子在高楼月下弹奏相思曲，肝肠寸断。

古时很多男人外出谋生，留守在家的妻子度日如年，盼夫归来，这是很多古诗的主题。如王建的《望夫石》，读来让人心惊：“望夫处，江悠悠，化为石，不回头。山头日日风复雨，行人归来石应语。”妻子伫立江畔望夫归来，化为石头。望夫石这一形象，曾在很多诗人的作品中出现。此类诗中，最令我难忘的，是李益的《江南曲》：“嫁得瞿塘贾，朝朝误妾期。早知潮有信，嫁与弄潮儿。”这也是一首闺怨诗，但角度独特。一个嫁给商人的女子，常常被言而无信的丈夫丢弃在家独守空房，于是发出怨恨的叹息。嫁给这样没有信义的商人，不如嫁给与潮汐为伴的人，潮汐有规律，有信义，该来的时候一定会来。在闺怨诗中，“早知潮有信，嫁与弄潮儿”这两句，虽然无奈却嘹亮而清新。

古时闺怨诗，作者多为男性，在当时也正常。原因很简单，写诗并传世成名的，大多是男人。我相信一定有不少多情才女，也写过类似的作品，只是自我欣赏而没有被流传。还好，历史上有几位女诗人，她们的创作，证实了这一点。唐代女诗人鱼玄机，就有这类佳作流传，她的七绝《江陵愁望有寄》极为感人："枫叶千枝复万枝，江桥掩映暮帆迟。忆君心似西江水，日夜东流无歇时。"李清照写过很多相思诗词，诗词中浓厚的哀情愁绪，因为真切，使很多男诗人的作品为之失色，譬如她的《一剪梅》："红藕香残玉簟秋。轻解罗裳，独上兰舟。云中谁寄锦书来？雁字回时，月满西楼。　花自飘零水自流，一种相思，两处闲愁。此情无计可消除，才下眉头，却上心头。"这首词是李清照表达对丈夫的思念，写得柔情绵绵，非同寻常，引起无数读者的共鸣。

（2007年9月1日）

促织之鸣

秋风起时，蟋蟀的鸣唱便在四野响起，清亮而幽远，引人遐想。童年时养过蟋蟀，也到乡下的田野里捕捉过蟋蟀。迷恋蟋蟀时，曾对和蟋蟀有关的一切都感兴趣，包括写蟋蟀的文字。

在中国古典文学中，涉及蟋蟀的作品给人印象深刻。对现代读者来说，影响最大的当数《聊斋志异》中的《促织》，这是一个充满想象力的故事。人和蟋蟀角色互换，罗织成跌宕起伏的传奇；人间的悲欢离合，皆因小小的蟋蟀而起。

中国古代诗歌中，将蟋蟀作为歌咏对象的也有不少。在古老的《诗经》中，就有具体描绘蟋蟀的篇章，那是《豳风·七月》：“五月斯螽动股，六月莎鸡振羽。七月在野，八月在宇，九月在户，十月蟋蟀入我床下。”这些诗句，对蟋蟀的生长规律和生活习性作了详细生动的描述，也写出了人类和这种会唱歌的小昆虫之间的亲密关系。在后来的古诗中，也未见有人对蟋蟀作如此贴切准确的描绘。《诗经》中，还有另一篇关于蟋蟀的《唐风·蟋蟀》：“蟋蟀在堂，岁聿其莫。今我不乐，日月其除。无已大康，职思其居。好乐无荒，良士瞿瞿。蟋蟀在堂，岁聿其逝。今我不乐，日月其迈。无已大康，职思其外。”现代人读这样的文字，有点费解了。这里写到蟋蟀，其实只是以蟋蟀做一个引子，引发对人生和岁月的感慨。诗中并无对蟋蟀的描绘，在秋风中听到蟋蟀的鸣唱，联想到的是时光的流逝、岁月的无情，是由此而生的人生的急迫感。数千年前的咏叹，现代人还能吟之而共鸣。

蟋蟀被称为“促织”，原因是它们鸣唱的声音。夜晚，女人们坐在织机前织布，从四面八方传来的蟋蟀鸣唱仿佛是在催促她们勤快挥梭，“促织”之名便由此而来。谁是首创者，无从查考。在汉代《古诗十九首》中，已见“促织”出现：“明月皎皎光，促织鸣东壁。”《古诗十九首》中还有另一处出现蟋蟀：“晨风怀苦心，蟋蟀伤局促。”促织和蟋蟀，看来那时已经是人所共知的同义词。蟋蟀得名促织，显见它们和人类生活的密切关联。

唐代诗人罗隐有《蟋蟀诗》，也许是古人咏蟋蟀的诗篇中最具体的一首，此诗为四言诗，形式类似《诗经》和汉赋，内容则别出心裁，诗人似和蟋蟀对话，写得很有感情。其中，写蟋蟀的生活情状：“顽飔毙芳，吹愁夕长”，“周隙伺榻，繁咽夤缘”。写蟋蟀的鸣唱：“如诉如言，绪引虚宽”，“坏舍啼衰，虚堂泣曙”。最后还在蟋蟀的鸣唱中发出惆怅的叹息：“美人在何，夜影流波。与子伫立，裴回思多。”这首诗写得古气十足，大概当时的人诵读也会有晦涩之感，没有广为流传，很正常。杜甫也写过《促织》，比罗隐的《蟋蟀诗》通俗直白得多，描写的生动和感情的深挚，却更胜一筹：“促织甚细微，哀音何动人。草根吟不稳，床下意相亲。久客得无泪，故妻难及晨。悲丝与急管，感激异天真。”从蟋蟀的鸣唱，引出羁旅游子的思乡情怀，写得自然真切，让人感动。

在古诗中，蟋蟀的鸣唱大多是愁苦的“哀音”，不过也有例外。我记忆中印象亲切的蟋蟀诗，是宋人叶绍翁的七绝《夜书所见》：“萧萧梧叶送寒声，江上秋风动客情。知有儿童挑促织，夜深篱落一灯明。”喜欢这首诗，其实是因为后两句，诗中对儿童夜间挑灯捕捉蟋蟀的描绘，常使我想起童年去乡下捉蟋蟀的情景。在手电和蜡烛的微光中，那透明羽翅的振动，那晶莹长须的飘拂，曾经怎样激动欢悦了一个天真少年的心。

（2007 年 9 月 6 日）

诗人与河豚

宋代诗人梅尧臣，有外号“梅河豚”。这外号有点奇怪，似有嘲讽之意。究其来由，当然和河豚有关。河豚味美，是中国人的美食，但河豚有毒，常有人因食河豚中毒致死。有毒的美食，吃还是不吃，千百年来一直是一个难题。有人为享口福“拼死吃河豚”；也有人以为河豚既有毒，便不该是人类的食物，不吃也罢。梅尧臣被称为“梅河豚”，并不是因为他爱吃河豚，而是因为他写了一首反对吃河豚的诗。

范仲淹任饶州知州时，有一次邀好友梅尧臣同游庐山。在范仲淹宴请梅尧臣的酒席上，一位江南客谈及河豚的美味，眉飞色舞，绘声绘色，让听者神往。范仲淹尤其感兴趣，恨不得马上派人去找河豚解馋。可梅尧臣却不以为然，他认为，贪图美味而冒中毒丢命的风险，实在不值得，于是即席赋诗，谈他对吃河豚的看法，并驳斥了那位江南客。这就是后来传遍天下的《范饶州坐中客语食河豚鱼》：

春洲生荻芽，春岸飞杨花。河豚当是时，贵不数鱼虾。其状已可怪，其毒亦莫加。忿腹若封豕，怒目犹吴蛙。庖煎苟所失，入喉为镆铘。若此丧躯体，何须资齿牙？持问南方人，党护复矜夸。皆言美无度，谁谓死如麻！我语不能屈，自思空咄嗟。退之来潮阳，始惮飧笼蛇。子厚居柳州，而甘食虾蟆。二物虽可憎，性命无舛差。斯味曾不比，中藏祸无涯。甚美恶亦称，此言诚可嘉。

梅尧臣这首诗，即兴而作，一气呵成，写得情景交融，鞭辟入里。他反对吃河豚，而且理由雄辩。河豚味虽美，然而“其毒亦莫加”，“中藏祸无涯”。诗中写到韩愈吃蛇，柳宗元吃虾蟆，蛇和虾蟆虽然样子难看，但食之无性命之忧。美味和生命到底孰重孰轻，梅尧臣观点非常鲜明，“皆言美无度，谁谓死如麻！”为了健康地活着，还是放弃河豚这样的美食为好。梅尧臣就是因为这首诗，得到了“梅河豚”的雅号。欧阳修曾这样评价这首诗：“河豚常出于春暮，群游水上，食絮而肥。南人多与荻芽为羹，云最美。故知诗者谓只破题两句，已道尽河豚好处。此诗作于樽俎之间，笔力雄赡，顷刻而成，遂为绝唱。”

宋代另一位诗人范成大，写过《河豚叹》，与梅尧臣一唱一和：

彭亨强名鱼，杀气孕惨黩。既非养生具，宜谢砧几酷。吴侬真差事，纲索不遗育。捐生决下箸，缩手汗童仆。朝来里中子，馋吻不得熟。浓睡唤不应，已落新鬼录。百年三寸咽，水陆富肴蔌。一物不登俎，未负将军腹。为口忘计身，饕死何足哭。

他的看法和梅尧臣一样，也以为不值得为吃河豚而去拼死，如因贪口福而死，实在是愚不可及，死不足惜。

传说河豚的胰脏特别鲜美，古人觉得用一般词语难以描绘那美味，索性以“西施乳”称之。明代画家徐文长写过《河豚》：“万事随评品，诸鳞属并兼。惟应西子乳，臣妾百无盐。”苏东坡便为之入迷。一次有人请苏东坡吃荔枝，苏东坡写了这样的诗句：“先生洗盏酌桂醑，冰盘荐此赪虬珠。似闻江鳐斫玉柱，更洗河豚烹腹腴。”他认为，荔枝的美味，只有河豚的“西子乳”能与之媲美。古诗中写到河豚的，大概是苏东坡的《惠崇春江晚景》流传最广：“竹外桃花三两枝，春江水暖鸭先知。蒌蒿满地芦芽短，正是河豚欲上时。”苏东坡在江苏做官时，当地有一位善烹河豚的厨娘附庸风雅，请苏东坡去吃河豚，苏东坡欣然赴约。面对厨娘烹制出的一桌河豚，苏东坡二话不说，坐下来埋头大吃。厨娘躲在屏风后面看，见苏东坡没有表示，正纳闷，忽见苏东坡丢下筷子，大叫一声：“也值一死！”据说这就是“拼死吃河豚”的由来。

（2007 年 9 月 27 日）

悠然见南山

“采菊东篱下，悠然见南山。”这是陶渊明的名句。从字面上看，这两句诗，似乎很平常，诗人在家门东面的篱笆下俯身采一朵野菊花，抬起头来，无意中看到了远方的山峰。诗中没有细腻的描绘，也没有夸张的形容，只有“悠然”两字，是对诗中人情状的描写。为什么这两句诗使那么多人心生共鸣？千百年来，不知有多少人引用这两句诗，表达一种悠闲的生活状态、一种超然宁静的精神境界。

这两句诗出自陶渊明组诗《饮酒》，这组诗共二十首，“采菊东篱下”出自其中一首，全诗如下：

> 结庐在人境，而无车马喧。问君何能尔？心远地自偏。采菊东篱下，悠然见南山。山气日夕佳，飞鸟相与还。此中有真意，欲辨已忘言。

陶渊明是一个拒绝了尘世烦扰的乡间隐士，这首诗是他的生活和精神状态的真实写照。此诗的前面四句很有意思。诗人“结庐”隐居的地方是在“人境”，并非世外桃源，却听不见车马喧闹，这怎么可能？诗人自问自答，答案是“心远地自偏”，意思是只要精神上远离了人间喧嚣倾轧，周围的环境自会变得清静。接下来就是“采菊东篱下，悠然见南山”了。这是诗人对自己生活情景的生动描绘。一个采花的动作，一次无意的遥望，表现出人和风景之间最自然的交流。“悠然”两字，显然是点睛之墨，诗人的神态、心情都被烘托了出来。苏东坡曾这样评论这两句诗："采菊之次，偶然见山，初不用意，而境与意会，故可喜也。"再下面两句是对南山风景的进一步描绘，晚霞如锦，飞鸟投林，一派宁静优美和安谧，这也是诗人心境的写照。最后两句意味深长。"此中有真意，欲辨已忘言"，此中真意是什么？那必定是深奥博大的人生哲理，穷极宇宙人寰，然而诗人却没有说出答案，只有无声的"忘言"，留给读者阔大的想象空间。这两句诗使我想起泰戈尔《飞鸟集》中的句子："小道理可以用文字说清，大道理只有沉默。"

陶渊明是他那个时代最杰出的诗人。有人评断，汉魏南北朝年间，没有一个诗人的成就可以和他相提并论。从对后代的影响来看，这样的评价并不为过。他写了大量的田园诗，表达了对大自然和劳动者的亲近，那种淡泊真实，情景交融，在古代诗人中难有人与之比肩。他的《桃花源诗并记》创造了一个脱离尘世喧嚣的人间乌托邦，那种对理想的追寻和沉浸，至今仍让人神往。在喧嚣的时代，读一下陶渊明的诗，可以使人沉静。

（2007年10月4日）

流水和白驹

两千多年前，孔子站在黄河边上，面对滔滔东去的流水，发出这样的感慨："逝者如斯夫，不舍昼夜。"时光如流水，不分白天黑夜，永远奔流不息，没有任何力量能使之停顿。孔子关于时间的议论，只有九个字，却生动形象，简洁而有力量，给人深远辽阔的联想。后人很多感叹时光流逝不可逆转的诗句，都源自孔子的这段议论。这九个字，以现代人的眼光来看，其实也是绝妙的诗句,它们的含意和魅力,远胜过那些空泛的长篇大论。

孔子是哲学家，一生都在思索人生之道，他总是用简洁有力的语言阐述他的思想，很少抒情。“逝者如斯夫，不舍昼夜”，在孔子的言论中，属于抒情意味很浓的文字了。庄子是诗人、哲学家，他也对时光阐发过类似的感慨，不过那就是另外一种风格了：“人生天地之间，若白驹过隙，忽然而已。”人生旅途看似漫长，在天地间其实只是一个瞬间，犹如骏马越过一条小小缝隙。“白驹过隙”，是典型的庄子语言。司马迁在《史记·晋世家》中这样引用庄子的话：“人生一世间，如白驹过隙。”比喻时光之疾速，人生之匆促。“白驹过隙”非常形象。其实，白马越过一条缝隙，是怎样的形态，谁也没见过，也无法见到，但那只是一个瞬间，确实人人都可以想象到的。

还有另外一种说法，“白驹过隙”中的白驹并非指马，而是指日光，“白驹过隙”意为日光迅速移动，掠过有阴影的缝隙，那是眨眼的工夫。所以古人有时称光阴为“驹光”，称日影为“驹影”。如元人袁桷的诗句：“殿庐龙光动，琐窗驹影催。”清人倪濂的诗句：“驹影难留住，惊看岁又更。”清代女诗人劳蓉君《忆舅家小园幼时所游》一诗中，有“惆怅驹光一瞬中，芜园卅载记游踪”之句，诗中的“驹影”和“驹光”，都是时间飞逝的代称。这类想象都源自庄子的“白驹过隙”。

曾看到有人引范成大的诗，证明宋人用过“驹光”：“日出尘生万劫忙，可怜虚费隙驹光。”诗句中，“隙”字和“驹”字搭配成词，组成“隙驹”一词，若说“驹光”为一词，则是明显的错误，而“隙驹”却是“白驹过隙”的又一种说法。文天祥《崔镇驿》一诗中，有“野阔人声小，日斜驹影长”两句，也有人误解诗中的“驹影”为庄子的“白驹过隙”。文天祥的“日斜驹影长”是写景，诗中“驹影”就是马的影子，在落日斜晖中，马的影子在地上越拖越长。这里的“驹影”和庄子对时间的感叹毫不相干。

将日光比作飞奔的白马，也是诗人的奇思妙想。我以为，“驹光”“驹影”，都是有想象力的创造。

（2007年10月18日）

白云苍狗

白云苍狗，是一个成语，也可以叫作白衣苍狗。比喻人生世事变幻无常，犹如天上的浮云，瞬息万变，刚刚看着如雪白的衣裙，转眼间却变成了灰剥落拓的狗。很多人用这个成语，却未必知道有关的典故。白云苍狗的出典，是杜甫的诗作《可叹》。这首长达三十四行的七言古风，开首四行点出了诗人想表达的主题："天上浮云似白衣，斯须改变如苍狗。古往今来共一时，人生万事无不有。"白云苍狗，便由此而来。

杜甫的《可叹》，其实是一首写人的叙事诗，诗中的主人公，是和杜甫同时代的诗人王季友，《全唐诗》中这样介绍他："王季友，河南人。家贫卖履，博极群书。豫章太守李勉引为宾客，甚敬之，杜甫诗所谓丰城客子王季友也。"王季友年轻时家贫，以卖草鞋为生，出身富家的妻子柳氏嫌弃他，离家出走。王季友在贫困孤苦中发奋攻读，后来考上状元，成为一代名流，离弃他的柳氏后来又回到他身边。这样跌宕起落的人生，使杜甫大为感叹。《可叹》一诗中，对王季友的故事作了生动描述："近者抉眼去其夫，河东女儿身姓柳。丈夫正色动引经，丰城客子王季友。群书万卷常暗诵，《孝经》一通看在手。贫穷老瘦家卖屐，好事就之为携酒。豫章太守高帝孙，引为宾客敬颇久。闻道三年未曾语，小心恐惧闭其口。太守得之更不疑，人生反复看亦丑。明月无瑕岂容易，紫气郁郁犹冲斗。时危可仗真豪俊，二人得置君侧否。太守顷者领山南，邦人思之比父母。王生早曾拜颜色，高山之外皆培塿。用为羲和天为成，用平水土地为厚。王也论道阻江湖，李也丞疑旷前后。死为星辰终不灭，致君尧舜焉肯朽。吾辈碌碌饱饭行，风后力牧长回首。”

王季友的人生，有点戏剧性，大悲大喜、大辱大荣，在他的一生中相交替换，从卖履穷汉到新科状元，其转换恰如白云苍狗之变。

王季友在唐诗人中影响并不大，现代人记得他，还是因为杜甫的诗句“丰城客子王季友”。其实，王季友当时颇有诗名，《全唐诗》中收了他的十几首诗，其中的五言诗，写得很有意思。譬如《还山留别长安知己》：“出山不见家，还山见家在。山门是门前，此去长樵采。青溪谁招隐，白发自相待。惟余涧底松，依依色不改。”诗中可见他安贫乐道、醉心于山水的情怀。他也在诗中写自己的饥馑和穷困，如《寄韦子春》：“山中谁余密，白发日相亲。雀鼠昼夜无，知我厨廪贫。”又如《酬李十六岐》：“自耕自刈食为天，如鹿如麋饮野泉。亦知世上公卿贵，且养丘中草木年。”家里贫寒，连老鼠和麻雀也不会来光顾；在山野耕作，生存状态犹如鹿麋。诗人这样的描述，不似哀叹自怜，诗意中弥漫着淡泊和浪漫的清气。难怪岑参在《潼关使院怀王七季友》一诗中这样称赞他："王生今才人，时辈咸所仰。何当见颜色，终日劳梦想。"

（2007 年 10 月 25 日）

天香云外飘

秋风中，处处飘漾着桂花的清香。走在树林里，看不见桂花的影子，它们隐藏在绿叶丛中，却将那沁人心脾的花香倾吐得满世界都是。桂花容貌不张扬，紧贴着枝叶的点点金黄，要走近了才能看清，而它们的香气却远比那些大红大紫的花迷人。

我的窗下也有一株桂树，已种了几年。每年秋天，清雅的香气总是突然飘进我的书房，探首俯看那树，依然一片青绿，和开花前相比几乎没有任何变化。此时，很自然想起宋之问咏桂花的两句诗：“桂子月中落，天香云外飘。”桂花清芬，确实像是从天而降，宋之问的诗句，写出了桂花的神韵。

宋之问这两句诗出自他的《灵隐寺》，写的是杭州灵隐寺的风光，全诗十四句，就这两句写得妙。灵隐寺我去过很多次，不过对那里的桂花并没有留下多少印象。去杭州赏桂花，最佳处是满觉陇。很多年前，曾和杭州的诗人朋友在满觉陇聚会，躺在桂树下喝酒、吃月饼，全身心都被那醉人的清香包裹，树上、地上、身上，甚至酒杯里都是桂花。清人张云璈的七绝《满觉陇》：“西湖八月足清游，何处香通鼻观幽。满觉陇旁金粟遍，天风吹堕万山秋。”写的就是金秋时节满觉陇的桂花香。

古人写桂花的诗，印象深的有王维的《鸟鸣涧》：“人闲桂花落，夜静春山空。月出惊山鸟，时鸣春涧中。”此诗中，首句写桂花，远不及宋之问那两句。王建的《十五夜望月》中也写桂花：“中庭地白树栖鸦，冷露无声湿桂花。今夜月明人尽望，不知秋思落谁家。”

这首诗中，前两句写桂花，但读者熟悉的是后两句。李白写过《咏桂》：“世人种桃李，皆在金张门。攀折争捷径，及此春风暄。一朝天霜下，荣耀难久存。安知南山桂，绿叶垂芳根。清阴亦可托，何惜树君园。”李白这首诗，由此及彼，将桃李与桂花比较，意在褒扬桂花不事张扬却枝叶常绿的品格。杨万里有一首《咏桂》，写得有意思：“不是人间种，移从月中来。广寒香一点，吹得满山开。”苏东坡的七律《八月十七日，天竺山送桂花，分赠元素》，是咏桂诗中难得的佳作：“月缺霜浓细蕊干，此花元属玉堂仙。鹫峰子落惊前夜，蟾窟枝空记昔年。破裓山僧怜耿介，练裙溪女斗清妍。愿公采撷纫幽佩，莫遣孤芳老涧边。”李清照也写过桂花：“暗淡轻黄体性柔，情疏迹远只香留。何须浅碧深红色，自是花中第一流。”（《鹧鸪天》节选）这首咏桂词既赋形又咏性，不仅表达了词人对桂花的喜爱，也点出了她所向往的美的境界，也许可以解读为她对女性之美的一种看法，“何须浅碧深红色，自是花中第一流”，真正的美女，不必花枝招展浓妆涂抹，应该如桂花，花淡不露痕迹，清香幽然而飘远。

淡雅的桂花，古时候却曾经和仕途联系在一起。古人称文人登科为“折桂”，典出《晋史》，曾有一位新科状元在回答皇帝的提问时说：“臣举贤良对策，为天下第一，犹桂林之一枝……”“折桂”一词，便由此而来。据说古时文人和官吏都喜欢在家里种桂花，希望仕途通达。这样的习俗，现代人已经无法体会。现代人说“折桂”时，大概也不会联想到桂花的清香。千百年习俗变迁，桂花的淡雅和幽香如故，那些吟咏桂花的美妙诗篇，今天诵读，依然引人共鸣。

（2007 年 11 月 1 日）

与时间论道

飞逝的时间啊，请你停一停，来和我喝一杯酒……

一千多年前，一个年轻的诗人仰望着浩瀚苍穹，发出这样奇妙的邀请。他想和时光老人把酒论道，探讨一个问题：有什么办法，使白昼延长，使生命保持勃勃生机？这个诗人，是被人称为“鬼才”的李贺。这首诗题为《苦昼短》：

飞光飞光，劝尔一杯酒。吾不识青天高，黄

地厚。惟见月寒日暖，来煎人寿。食熊则肥，食蛙则瘦。神君何在？太一安有？天东有若木，下置衔烛龙。吾将斩龙足，嚼龙肉，使之朝不得回，夜不得伏。自然老者不死，少者不哭。何为服黄金，吞白玉？谁是任公子，云中骑碧驴？刘彻茂陵多滞骨，嬴政梓棺费鲍鱼。

李贺的这首诗，在唐诗中如奇峰突起，无论是形式还是内容，都让人觉得新奇，在当时的诗坛曾引起轰动。此诗形式上自由不羁，是没有规律的长短句，想象的奇异和情感的浓烈，都不同凡响。今天读，仍然让人感觉新鲜，甚至会心生震撼。将无形的时间人格化，是李贺的创造，他把时间看作一位老朋友，亲切地称之为“飞光”，劝他停步共饮：“飞光飞光，劝尔一杯酒。”

诗人想和时间探讨什么呢？“吾不识青天高，黄地厚。惟见月寒日暖，来煎人寿”，青天黄土，暂且不论，诗人只是在日夜交替中感受到时光的急促和生命的短暂。“煎人寿”，一个“煎”字，凝聚了诗人对生命无情流逝的焦灼和苦痛。“煎人寿”之后的四句，表现了诗人对寿命长短原因的看法，人的肥瘦，生命的长短，关乎食物，没有什么保佑长生不老的神仙。那时，很多人在追求长生不老之道，有人寻仙草，有人炼仙丹，也有人服金吞玉。李贺的看法，在当时也是惊世骇俗的创见。

既无神仙保佑，那么如何延长生命呢？李贺在诗中继续大胆幻想。他以为，如果能把黑夜变成白天，其实也就是延长了人的生命。《古诗十九首》中，有“昼短苦夜长，何不秉烛游”之句，在黑暗中秉烛夜游，是古人在“苦昼短”时想到的。然而“秉烛游”，并不能缩短黑夜，更不可能把黑夜变成白天。李贺却突发奇想：“天东有若木，下置衔烛龙。吾将斩龙足，嚼龙肉，使之朝不得回，夜不得伏。自然老者不死，少者不哭。何为服黄金，吞白玉？”这里，李贺赋予了若木和烛龙两个神话以新意。天东面有一棵名叫若木的大树，树下有一条衔烛照明的神龙，烛明则昼，烛暗则夜。如果将烛龙杀而食之，使昼夜不能更替，那样人就可以不必“苦昼短”，可以一消生死之忧，何必要“服黄金，吞白玉”呢？

《苦昼短》的最后四句，看似思绪缥缈，实际上是对当时俗见的深刻嘲讽：“谁是任公子，云中骑碧驴？刘彻茂陵多滞骨，嬴政梓棺费鲍鱼。”凡人成仙，都是无稽之谈，谁见过得道升天在云中骑驴飘行的任公子？最后两句，李贺又用了两个历史典故。刘彻就是汉武帝，他生前好神仙长生之道，传说他入殓后香雾萦绕，棺内发出奇响，尸骨飞化升天。李贺认为这是无稽之谈，刘彻墓中遗留的，只是一堆腐烂的凡骨。最后写到了秦始皇，嬴政一统江山之后，为寻求长生不老之术费尽心机，一直寻到东海畔天尽头，结果在那里却得病不治而死。时值盛夏，嬴政的尸体运回咸阳时已开始腐烂，为了掩饰腐尸恶臭，在棺材里放了很多鲍鱼，然而无济于事，还是一路臭到咸阳。这首诗写到这里戛然而止，意犹未尽，留给读者丰富幽远的想象空间。

李贺的这首诗，与时间论道，上天入地，谈古论今，说神道鬼，以奇诡的意象议论风生，对生和死发表了独特的看法。杜牧在《李长吉歌诗叙》中评论李贺的诗风："鲸吸鳌掷，牛鬼蛇神，不足为其虚荒诞幻也。"言之极有理。

（2007 年 11 月 8 日）

逢秋不悲

古诗中，悲秋之声历代不绝，几乎所有诗人都曾在秋天发出悲凉凄怆的哀叹。杜甫的《登高》，可以说是其中的代表作："风急天高猿啸哀，渚清沙白鸟飞回。无边落木萧萧下，不尽长江滚滚来。万里悲秋常作客，百年多病独登台。艰难苦恨繁霜鬓，潦倒新停浊酒杯。"在秋天读这样的诗，难免心绪怅惘。住在城里的现代人听不见风中猿啸，看不到无边落木，但读着"万里悲秋""百年多病""艰难苦恨""潦倒"

这样的词语，引起的联想也不会欢悦。

一年四季中，色彩最丰富的其实是秋天。秋天是成熟的季节，也是生命更新换代的季节。春夏的绿色，在秋风中千变万化，呈现出无数奇妙的颜色。秋光美景，当然不会被古代敏感的诗人忽略。唐人王绩在诗中这样描绘秋色：“树树皆秋色，山山唯落晖。”宋之问秋游桂林时曾感叹：“桂林风景异，秋似洛阳春。”苏东坡在《赠刘景文》中这样咏秋：“一年好景君须记，最是橙黄橘绿时。”诗人心情好时，秋天就是最美的季节。

刘禹锡喜欢秋天，有他的《秋词二首》为证。

其一：“自古逢秋悲寂寥，我言秋日胜春朝。晴空一鹤排云上，便引诗情到碧霄。”自古诗人逢秋必悲，刘禹锡却认为秋意胜过春景，看到蓝天中一只自由飞翔的白鹤，引发诗人的激情和向往。诗人的心绪随鹤高飞，诗情昂扬冲碧霄，这是浪漫的豪情。

其二：“山明水净夜来霜，数树深红出浅黄。试上高楼清入骨，岂如春色嗾人狂。”这首诗前两句描绘了秋天的景色，尤其是第二句，颇使我共鸣。秋天的山林，色彩缤纷烂漫，一些红色枝叶杂在青黄之中，耀眼如火。北京香山的黄栌，秋叶深红，深秋时漫山遍野一片红色，如生命之火熊熊燃烧，绝无枯萎之态。即便是枯黄的树叶，也未必让人感觉是生命的衰退，譬如银杏树，秋风起时，绿叶变成耀眼的金黄色，在枝头如满树阳光，在风中飘落时像金色的蝴蝶自由蹁跹。刘禹锡此诗的后两句，值得玩味。在秋风中登楼远望，虽然凉风刺骨，但秋日旷达高远的景象，使人心胸开阔，思想清澈，不会像浓艳的春色让人轻狂。

秋天在诗中的形象，其实和诗人的情绪相关。年轻时在崇明岛插队落户，我曾以悲凉的心情咏叹在秋风中飘飞的芦花。二十多年前，我写过《秋兴》，诗中表达的是和刘禹锡相同的感受："谁说秋风里生命走到了尽头，飘飘坠落的枯叶便是衰亡的象征？你看那些压弯枝头的累累果实，那色彩那芳馥总使我萌动春心……"

（2007 年 11 月 15 日）

天净沙

前几天参加赵朴初先生的百年诞辰纪念会，发言时，谈了我对赵朴初诗词的看法。20 世纪 60 年代初，读他的《某公三哭》时，我还是个中学生，觉得他用古体的文字讽刺外国人，写得那么幽默犀利。他用的是元曲形式，却推陈出新，写出了全新的境界。三十年前，赵朴初诗集《片石集》出版时洛阳纸贵，我当年在书店排队购得此书。他在书的序言中专门谈了对元曲的看法，对我可说是一次启蒙。

现代中国人对元代的事情知道得不多，熟悉的是元代的文学家和元曲。元曲中，最脍炙人口的，是马致远的元曲小令《天净沙·秋思》：“枯藤老树昏鸦，小桥流水人家，古道西风瘦马。夕阳西下，断肠人在天涯。”《天净沙》是曲牌名，一共五句，才二十八个字。马致远的这二十八个字，写出了游子眼里无限苍凉的秋景和悲凄的心情，因为写得生动深切，使无数读者共鸣心颤，因而成为千古绝唱。前面三句，十八个字，并列了九个意象，每个意象都有诗人的感情色彩。枯藤、老树、昏鸦、古道、西风、瘦马，这些都是凄凉的秋景，而嵌在这些凄凉意象中的小桥、流水、人家，却是一些让人感到亲切的景象，这也许是作者对家乡的幻想。两种情境不同的意象互为交织，形成反差，产生奇异的效果，于是便有了后面两句，在昏暗夕照中，天涯游子的愁断肠。此曲题为“秋思”，却并没有发什么议论，所有难以言述的相思和愁怀，都涵藏在意象中，这正是作者的高明之处。

以《天净沙》咏秋的，在元曲中还有不少，很多人是步马致远的后尘，但要超越他，几乎没有可能。

白朴写过《天净沙·秋》，读来让人有似曾相识之感："孤村落日残霞，轻烟老树昏鸦，一点飞鸿影下。青山绿水，白草红叶黄花。"曲中的意象，与马致远雷同，然而马致远诗中的苍凉凄楚，却找不到了。虽写同题诗，心情却不同；虽描绘相似意象，境界却大相径庭了。朱庭玉也以"秋"为题写过《天净沙》："庭前落尽梧桐，水边开彻芙蓉，解与诗人意同。辞柯霜叶，飞来就我题红。"此曲与马致远和白朴的画面意境都不一样，梧桐叶落，芙蓉花开，红叶飘飞，是另外一种秋景。出奇的是最后两句，作者题辞红叶，随秋风飞舞，表现的不是悲秋伤感，而是对大自然和生命的赞叹。

赵朴初先生的《片石集》中，也有几首《天净沙》，写于1961年，是他访问柬埔寨的感想，其中有一首是参观吴哥窟后所作："飞檐燕燕差池，高幢秩秩威仪。疑是南朝梦里。布金为地，叹观人世间稀。"一个现代人以元曲格律记游咏古，写到这样的境界，也是难得。

（2007年11月29日）

清夜无尘

夜间在路边的花园里散步，举头望夜空，能看见繁星闪烁。一弯新月初现，开始挂在远处的高楼顶端，如同一件银白色雕塑，过一阵再看，月亮已升上天空，远离城市，成为星空夜海中一艘晶莹孤独的船。此时的景象使我想起四个字：清夜无尘。

清夜无尘，是苏东坡一首词的题目，这题目本身就很有诗意。词牌名为“行香子”，上下片字数相等，句式也相同，全词犹如一对长联：

清夜无尘，月色如银，酒斟时、须满十分。浮名浮利，虚苦劳神。叹隙中驹，石中火，梦中身。

虽抱文章，开口谁亲。且陶陶、乐尽天真。几时归去，作个闲人。对一张琴，一壶酒，一溪云。

苏东坡的这首词，是对人生的感叹。看破了人间红尘，功名利禄都是身外之物，为之辛苦劳神不值得。上片的名句，是最后三句："叹隙中驹，石中火，梦中身。"隙中驹，从"白驹过隙"化出，指时光无情飞逝；石中火，也是描述生命稍纵即逝，火在石中燃烧，不可能长久，只能是瞬间闪烁；梦中身，意指人生恍然如梦。"梦中身"并非苏东坡创造，庄子早有人生如梦的感叹，那个蝴蝶梦便是对"梦中身"的诠释。白居易《疑梦二首》中有"黄帝孔丘无处问，安知不是梦中身"两句，相距千年的诗人，诗心相通。此词下片，是苏东坡在孤独中倾吐的心声："虽抱文章，开口谁亲"。似乎是悲叹怀才不遇，但接下来，却不是进一步发牢骚，而是寻找到解脱的方式。如何解脱？抛却心里的所有世俗烦恼，“作个闲人”，面对行云流水，弹琴饮酒，宠辱皆忘。上片“隙中驹，石中火，梦中身”，对下片“一张琴，一壶酒，一溪云”，对得很有情趣，前后六个意象，情境完全不同。如果说，此词的上片是为人生的浮光掠影和匆忙叹息，有些焦灼不安，下片却是一个潇潇洒洒的转调，脱离了喧嚣烦乱的尘世，转入洒脱悠闲的境界。

以前见到有人评论这首词，说苏东坡表现的是消极遁世，不是积极的人生态度。这样的批评，其实可笑。诗人的焦虑、郁闷、愁思，都可以化为浪漫的诗意。这不是怨天尤人的哀叹，而是对理想人生的憧憬。千百年来，多少人读着这些美妙的诗句被感动。诗人的心灵，犹如一片清朗的夜空，容不得浊世尘埃，所以才会有星光月色洒落人间。

（2007 年 12 月 6 日）

人生之根

人生是什么？隐居山林的陶渊明说："人生无根蒂，飘如陌上尘。"这是陶渊明《杂诗十二首》第一首中的开首两句。人生如浮萍，没有根底，其实浮萍也是有根的，只是这根不是深扎于土，而是漂漾于水，从流动的水中吸取养料。而陶渊明诗中的人生，并非浮萍，那是真正的无根之物，被风一吹，便飘飞在空中，犹如路上的灰尘。陶渊明诗中所谓的"人生"，其实比现代人理念中的人生含意更广，也可以理解为生命吧。如果生命和人生果真如此，生而无根，飘如灰尘，那天下芸芸众生便可怜可哀至极了。《古诗十九首》中有“人生寄一世，奄忽若飙尘”之句，感慨人生无常，陶渊明的诗句，也是重复了古人的悲叹。好在陶渊明的幻想没有到此为止，且读《人生无根蒂》全诗：

人生无根蒂，飘如陌上尘。分散逐风转，此已非常身。落地为兄弟，何必骨肉亲？得欢当作乐，斗酒聚比邻。盛年不重来，一日难再晨。及时当勉励，岁月不待人。

人生之尘飞扬在天之后，接下来怎么样？“分散逐风转，此已非常身”，人生之尘在风中漫游，经历了磨难，已经不是原来的生命。这两句看起来平淡，其实深刻，人生的漂泊不可测，人人都会有体验，尤其是在动荡不安的年代。有过漂泊曲折的经历，生命已非原来的样子。“落地为兄弟，何必骨肉亲？”既然大家都已非原来的生命，那么，来到这个世界的人，都应该亲如兄弟，何必在乎血缘骨肉。这样的想法也不是陶渊明的首创，《论语》中就有这样的论述："君子敬而无失，与人恭而有礼。四海之内皆兄弟也。君子何患乎无兄弟也？"陶渊明在诗中重复孔子的意思，其实是在战乱和孤独中对理想的一种呼唤，这种理想是什么？应该是社会和平，是人间博爱。

"得欢当作乐，斗酒聚比邻"，表达的是陶渊明当时的生活态度。这首诗总体悲凉沉郁，但这两句却颇有生趣。人生的曲折磨难并没有使诗人失去对生活的热爱，他的欢乐是和乡亲邻里聚会饮酒。这种平凡世俗的乐趣，陶渊明在很多诗中作过描绘，譬如："过门更相呼，有酒斟酌之"；"日入相与归，壶浆劳近邻"。

最后四句流传最广："盛年不重来，一日难再晨。及时当勉励，岁月不待人。"很多人将这四句单列，作为一首惜时励志的古诗。其实联系前文，陶渊明这几句诗，还是提醒人们，要及时行乐，生命如此短促，人生如此匆忙，那么活着就赶紧做自己以为快乐的事情。陶渊明此诗中的快乐是"斗酒聚比邻"。这样的人生目标，对现代人来说，不可思议，但在陶渊明的时代，却是一种美好的理想，他的《桃花源记》正是对这种理想的生动描绘。我想，现代人将这四句诗单列，作为一首惜时励志的诗，其实也没有违背陶渊明的本义。惜时，古今如一；励志，内容发生了变化，以古人之诗，励今人之志，有何不可呢？

人生果真无根？落叶飘飞最终还是归根，陶渊明的人生其实也是作了回答，在乡村田园，在老百姓的生活中，他找到了自己的归宿。

（2007 年 12 月 13 日）

点金成铁

宋代诗人中，王安石是数得着的大家之一，他的诗词，很多至今仍在流传，被人诵读。说起王安石，很自然会想起他的那些名句：“春风又绿江南岸，明月何时照我还”；“遥知不是雪，为有暗香来”；“一水护田将绿绕，两山排闼送青来”。

然而王安石却曾被人批评是个剽窃者。他的很多诗作，都有前人的影子，甚至是很明显的仿作。譬如“春风又绿江南岸”中那个“绿”字，历来被看作诗歌讲究修辞、反复推敲的成功范例。据说王安石在诗稿上改了十多次，起初是“春风又到江南岸”，那个“到”字，被改成“过”，又改成“入”，改成“满”，都无法使他满意，最后找到了那个“绿”字，此句才成为宋诗中的名句。王安石不止一次在诗中用这个“绿”字，在《送和甫至龙安，微雨，因寄吴氏女子》一诗中又有：“除却春风沙际绿，一如送汝过江时。”然而用“绿”字做动词描绘春风，并不是王安石的首创。钱锺书先生在《宋诗选注》中说：“‘绿’字这种用法在唐诗中早见而亦屡见：丘为《题农父庐舍》：‘东风何时至？已绿湖上山’；李白《侍从宜春苑赋柳色听新莺百啭歌》：‘东风已绿瀛洲草’；常建《闲斋卧雨行药至山馆稍次湖亭》：‘行药至石壁，东风变萌芽。主人山门绿，小隐湖中花。’”钱锺书先生于是发出诘问：“王安石的反复修改是忘记了唐人的诗句而白费心力呢，还是明知道这些诗句而有心立异呢？他的选定‘绿’字是跟唐人暗合呢，是最后想起了唐人诗句而欣然沿用呢，还是自觉不能出奇制胜，终于向唐人认输呢？”

有人认为，王安石的《梅花》中“遥知不是雪，为有暗香来”两句，也是从别人那里借鉴而来。汉代苏子卿有“只应花是雪，不悟有香来”之句，王安石的《梅花》，明显是从苏子卿诗句中化出。

《书湖阴先生壁》一诗中“一水护田将绿绕，两山排闼送青来”两句，也有效仿他人之嫌。五代沈彬有“地限一水巡城转，天约群山附郭来”之句，对照一下，其中的因袭关系很明显。

其实，古诗中后人借前人诗意发挥，用前人诗句为己所用的例子比比皆是。如能推陈出新，青出于蓝而胜于蓝，可以成为创造和创新。譬如王勃的“落霞与孤鹜齐飞，秋水共长天一色”，就是从庾信的“落花与芝盖齐飞，杨柳共春旗一色”两句中脱胎出来，成为脍炙人口的名句。王安石改变古人的诗句为己用，似乎没有显示出特别的高明之处，有时候，改得很随意，似乎是把别人的诗句搬来照用了。李白《月下独酌》中的“月既不解饮，影徒随我身。我歌月徘徊，我舞影零乱”，到了王安石的《即事》中，变成了“我起影亦起，我留影逡巡。我意不在影，影长随我身”，模仿的痕迹太重。

王安石改他人诗句，最失败的一例，是将南朝王籍《入若耶溪》中的“鸟鸣山更幽”改为“一鸟不鸣山更幽”。王籍此诗中“蝉噪林逾静，鸟鸣山更幽”两句，以动衬静，以声显幽，有奇妙的艺术效果，被王安石这样一改，则意味全无。在当时，王安石的这一改就遭人诟病，黄庭坚嘲讽他这是“点金成铁”。

王安石诗歌受到的最严厉的批评，来自钱锺书先生。钱先生曾在他的《谈艺录》中这样议论王安石：“每遇他人佳句，必巧取豪夺，脱胎换骨，百计临摹，以为己有；或袭其句，或改其字，或反其意。集中作贼，唐宋大家无如公之明目张胆者。”在钱锺书的笔下，王安石成了一个诗坛窃贼。钱先生虽然批之有据，但我以为他还是太刻薄了一点。王荆公如果听到这样的批评，恐怕不会服气。王安石能跻身唐宋八大家，靠剽窃作贼绝无可能，他的文学成就早已有公论，创作中的一些瑕疵，无法遮盖整体的光彩。古人写诗引经据典、化前人诗句为己用，也是家常便饭，并非王安石一人如此。欧阳修当年曾写诗赞王安石：“翰林风月三千首，吏部文章二百年。老去自怜心尚在，后来谁与子争先。”这是同时代人的由衷赞叹，不是拍马屁。能使欧阳修这样的大才子如此折服，可以想见王安石当时在人们心目中的地位。

（2007 年 12 月 20 日）

红豆诗

红豆生南国，春来发几枝？愿君多采撷，此物最相思。

王维的这首《相思》，也许是在中国流传最广的爱情诗，从古到今，一直被人吟诵，现在连牙牙学语的小儿也会背诵。红豆在古时又被人称为相思子，王维这首诗，也有人以《相思子》为题。诗中的红豆，很多人没有见过，那确实是生长在南方的乔木，在汉代，这树就被人称为相思树。相思树结子红黑相间，艳丽光洁，仿佛用红珊瑚雕出的艺术品。李时珍的《本草纲目》中关于红豆有如下记载：“相思子圆而红。故老言：昔有人殁于边，其妻思之，哭于树下而卒，因以名之。”这一记载不仅描绘了红豆的形状，还交代了相思树的来历：是一个女子在树下想念死去的丈夫，悲极而亡，这树便被人称为相思树。二十多年前，我曾在武夷山见过一棵树龄百年的相思树，采得一把红豆，还为此写过诗。

其实，古代写红豆的诗人，不是只有王维。温庭筠就写过红豆诗，譬如他的《新添声杨柳枝词》：“井底点灯深烛伊，共郎长行莫围棋。玲珑骰子安红豆，入骨相思知不知？”这也是一首写男女恋爱的诗，诗中写到将红豆嵌在骰子中，引出相思入骨的感叹。

王维的《相思》，以红豆的意象为爱情象征，意思也到此为止。而后来人写红豆，则多表达情人分隔两地的相思之苦。如：“中有兰膏渍红豆，每回拈着长相忆”（韩偓《玉合》），“红豆不堪看，满眼相思泪”（牛希济《生查子》），“半妆红豆，各自相思瘦”（黄庭坚《点绛唇》），“万斛相思红豆子，凭寄与个中人”（刘过《江城子》），“交枝红豆雨中看，为君滴尽相思血”（赵崇嶓《归朝欢》），“几度相思，红豆都销，碧丝空袅”（王沂孙《三姝媚·樱桃》）。这些诗词，比王维的诗，包含的意蕴又进了一层。

王维的《相思》，在古人的吟诵中，也常常被用来抒发故国之思，引申出新的意境。王维这首诗，是送给当时著名的宫廷伶官李龟年的，唐人范摅《云溪友议》中有记载，“安史之乱”时，李龟年在流亡奔命途中唱“红豆生南国”，“歌阕，合座莫不望行幸而惨然。龟年唱罢，忽闷绝仆地，左耳微暖，妻子未忍殡殓，经四日乃苏”。《相思》为何使人如此伤感？不是因为爱情，在战乱中，诗中的景象使流亡者触景生情，忧君忧国，以致惨然而闷绝。

这样的红豆情思，到明末清初，又爆发了一次。那时，诗中的红豆寄托了明遗民悲凄的故国之思。这类红豆诗，写得最多的是钱谦益，他的诗文集中，有《红豆诗初集》《红豆诗二集》《红豆诗三集》。这些红豆诗，大多写得悲凉忧愤，譬如《辛卯春尽歌者王郎北游告别戏题十四绝句》第八首："可是湖湘流落身，一声红豆也沾巾。休将天宝凄凉曲，唱与长安筵上人。"诗中所谓"天宝凄凉曲"，就是当年李龟年在流亡途中吟唱的红豆诗，借古喻今，咏红豆而怀故国，诗人的心思不言自明。

（2007 年 12 月 27 日）

片时春梦行千里

唐朝诗人岑参有七绝《春梦》，写得很有意思："洞房昨夜春风起，故人尚隔湘江水。枕上片时春梦中，行尽江南数千里。"此诗引人共鸣的是后面两句，片时春梦，却能"行尽江南"，似乎很夸张，但却不无可能。这样的梦境，人人都可能经历，入眠几分钟，却能在无穷无尽的时间和空间中自由穿梭，醒来回想，只觉得生命奇异，无法以言语复述。读此诗，我联想起法国作家普鲁斯特，他的小说《追忆似水年华》开头写梦境那一段，和岑参的诗意不谋而合。

古人诗中说梦者甚众，说得让人神思随之飞扬的却并不多。唐人顾况《梦后吟》，说梦醒之后的感觉，也很动人："醉中还有梦，身外已无心。明镜唯知老，青山何处深。"醉中入梦，身外无心，梦中的混沌超然，只是瞬间，梦醒对镜，只见眼角皱纹，鬓边白发，现实的压力依旧。想以醉梦消解人生的苦难困窘，也是梦想。

古诗中，梦也常常是一种具有特定含意的意象，譬如游子乡愁、离人相思。杜牧的《秋梦》便是佳作："寒空动高吹，月色满清砧。残梦夜魂断，美人边思深。孤鸿秋出塞，一叶暗辞林。又寄征衣去，迢迢天外心。"诗中描绘的不是梦境，而是一个独守空房的女子夜半梦醒，在月光里思念远在塞外的丈夫。读此诗，我看见的是一幅意境萧瑟、幽远的工笔人物画。

在梦中思念友人，也是诗人们常写常新的内容。长孙佐辅的《代别后梦别》，写得有点特别："别中还梦别，悲后更生悲。觉梦俱千里，追随难再期。翻思梦里苦，却恨觉来迟。纵是非真事，何妨梦会时。”和挚友分手，离情悲切，别后做梦，梦中情景依然是分别，醒来回想，只觉悲上加悲。这样的情绪，今人仍可体会。

白居易常以梦入诗，写梦中重会友人的几首诗，写得情真意挚。如《梦微之》：“晨起临风一惆怅，通川湓水断相闻。不知忆我因何事，昨夜三回梦见君。”《梦旧》：“别来老大苦修道，炼得离心成死灰。平生忆念消磨尽，昨夜因何入梦来？”日有所思，夜有所梦，梦中出现的人，其实一定是诗人心里时常思念的。白居易两首诗中梦见两位友人，想起从前的风云岁月，使得他平静的心境骤起波澜。《梦旧》中出现的情景，让人读来心惊。“平生忆念消磨尽”，以至“心成死灰”，可能吗？其实诗人自己已经作答。友人因何入梦？还不是因为心未成死灰，心中仍有所思。梦中所见，恰恰是内心深处的情思和期盼。

（2008 年 1 月 3 日）

白居易说梦

唐代诗人中，以梦入诗者，白居易或可夺冠。他不仅写得多，而且写得奇妙。

《疑梦二首》是白居易的名作。其一："莫惊宠辱虚忧喜，莫计恩仇浪苦辛。黄帝孔丘无处问，安知不是梦中身。"其二："鹿疑郑相终难辨，蝶化庄生讵可知。假使如今不是梦，能长于梦几多时。"这两首诗广为流传，其意境明显是受到庄子梦蝶的影响。人生和梦境，究竟何为真实？人生如梦，梦如人生，为何有时现实和梦境难以区分？这样的疑问和感慨，类似庄子的困惑："不知周之梦为蝴蝶与？蝴蝶之梦为周与？"

白居易写过不少和梦有关的诗，且多在晚年以后。写梦其实也是对生命的回顾，对人生的总结和慨叹。

白居易常常在诗梦中和故旧重逢，很多年不见的友人，突然出现在梦中，那种悲喜交集，比醒时更深切。有几首诗，很具体地描绘了他在梦中和友人相会的景象。譬如《梦裴相公》："五年生死隔，一夕魂梦通。梦中如往日，同直金銮宫。仿佛金紫色，分明冰玉容。勤勤相眷意，亦与平生同。既寤知是梦，悯然情未终。追想当时事，何殊昨夜中？自我学心法，万缘成一空。今朝为君子，流涕一沾胸。"梦中的相会和醒时的回忆，在这首诗中融为一体，梦醒时分，追忆和故友的情谊，不禁涕泪沾襟。另一首《梦与李七、庾三十三同访元九》，梦中和友人相会的景象写得更为真切："夜梦归长安，见我故亲友。损之在我左，顺之在我右。云是二月天，春风出携手。同过靖安里，下马寻元九。

元九正独坐，见我笑开口。还指西院花，乃开北亭酒。如言各有故，似惜欢难久。神合俄顷间，神离欠伸后。觉来疑在侧，求索无所有。残灯影闪墙，斜月光穿牖。天明西北望，万里君知否？老去无见期，踟蹰搔白首。”在梦中，白居易和两位朋友一起寻访好友元稹，梦中有人物，有场景，有故事，四个人赏花饮酒，谈笑风生。醒来，却见残灯孤影，这引起对久别友人更深的思念。两首诗构思、情景都有相似之处，虽是说梦，但不见奇，唯见真。

白居易不仅在诗中梦见朋友，也常常故地梦游。如《中书夜直梦忠州》：“阁下灯前梦，巴南城里游。觅花来渡口，寻寺到山头。江色分明绿，猿声依旧愁。禁钟惊睡觉，唯不上东楼。”他还在梦中登山：“夜梦上嵩山，独携藜杖出。千岩与万壑，游览皆周毕。梦中足不病，健似少年日”（《梦上山》节选），“西轩草诏暇，松竹深寂寂。月出清风来，忽似山中夕”（《禁中寓直，梦游仙游寺》节选）。在生活中无法遭遇的，在梦中可以实现。白居易写过长诗《梦仙》：“人有梦仙者，梦身升上清。坐乘一白鹤，前引双红旌。羽衣忽飘飘，玉鸾俄铮铮……”这首诗不是写梦境，而是讲了一个寓言式的故事：有梦仙者梦中受仙人点拨，以为可成仙，遂抛弃家庭亲人，到山中修行，最终却一事无成，和凡人一般衰而老去。“悲哉梦仙人，一梦误一生”，这是全诗的结论，可见虽然常被梦境所困，但在生活中白居易始终是个明白人。

晚年，白居易写了一首题为《无梦》的诗：“老眼花前暗，春衣雨后寒。旧诗多忘却，新酒且尝看。拙定于身稳，慵应趁伴难。渐销名利想，无梦到长安。”梦其实是精神生活的延伸和补充，诗人无梦，难以想象。白居易此时的无梦，绝不是想象力和才华的衰竭，而是看破红尘，再不抱名利之想，宁静淡泊，清醒地活在人间。

（2008年1月10日）

怀念雪

在江南，已经很久没有看到下雪。黄浦江畔的雪景，上海街头孩子们在雪地里欢乐的喧闹，已经是遥远的记忆了。还记得童年时遭遇夜雪，清晨醒来，窗外似乎比平时亮许多，往外一看，只见满世界一片雪白，路边的那些被白雪覆盖的大树，如同满树白花盛开。那就是岑参的诗句描绘的情景："忽如一夜春风来，千树万树梨花开。"遇到下雪时的惊喜，实在难以形容，只有古人的诗句能够表达。

岑参这两句诗，是古人咏雪作品中最能让人产生共鸣的句子。这两句诗的妙处，不仅妙在比喻，把树上的积雪比作在春风中盛开的梨花，形象而妥帖，更令人会心的，是表现了清晨突然发现雪景时的惊喜心情。岑参这两句诗是长诗《白雪歌送武判官归京》中的片段，诗人在西陲边地送朋友回京城，正是大雪飞扬的寒冬，诗中形象地描绘了西北雪天的寒冷。其实，诗中除了这两句反话正说，其余大多直接写冰雪严寒，如“瀚海阑干百丈冰，愁云惨淡万里凝”“纷纷暮雪下辕门，风掣红旗冻不翻”，让人一边读一边感觉到彻骨寒意。

在古诗中，很多人把飞雪写得诗意盎然，晋代谢道韫《咏雪联句》，对空中雪花有新奇的联想：“白雪纷纷何所似，撒盐空中差可拟，未若柳絮因风起。”宋之问对雪的联想和岑参类似：“不知庭霰今朝落，疑是林花昨夜开。”高骈的《对雪》也有奇妙的想象：“六出飞花入户时，坐看青竹变琼枝。”“六出飞花”是雪花的别称，观察入微的古人当然发现了雪花美丽的六角形，故以“六出”称之，雪花飞入庭园时，园里的青竹变成了“琼枝”——白玉雕成的枝干。李商隐也描绘飞雪：“旋扑珠帘过粉墙，轻于柳絮重于霜。”这是微风中轻柔的小雪，和谢道韫的想象相近。古人诗中的大雪是什么样子？浪漫的李白这样写：“地白风色寒，雪花大如手。”像手掌一样大的雪花，有点夸张，李白却还有更夸张的比喻：“燕山雪花大如席，片片吹落轩辕台。”雪花大如席，这是真正的夸张，和他的“白发三千丈”异曲同工。宋人张元的《雪》也有妙句：“战罢玉龙三百万，败鳞残甲满天飞。”天兵在天上打败百万玉龙，漫天飞雪是玉龙的败鳞残甲，写得神奇。

我记忆中印象深刻的咏雪诗，还有两首。一首是白居易的五绝《夜雪》：“已讶衾枕冷，复见窗户明。夜深知雪重，时闻折竹声。”此诗有意思的是后面两句，夜晚睡在床上，知道外面在下雪，看不见，但不时听见窗外院子里竹枝断裂的声音。竹枝是因无法承受积雪的重量而折断，可以想象黑夜中的雪下得多么大，这其实是一首听雪的诗。另一首是元稹的《南秦雪》："才见岭头云似盖，已惊岩下雪如尘。千峰笋石千株玉，万树松萝万朵云。"这首诗，在山中看雪景，前两句很有动感，山头阴云翻滚，大雪随风而来。美妙的也是后面两句，大雪中，千株石笋如碧玉，万棵松树如白云，是一幅气象万千的雪景图。

（2008年1月17日）

莫说宋诗味如蜡

毛泽东是现代人中写古体诗词成就卓著的一位，尤其是所填之词，更见出其才华横溢，气势不凡。他对古典诗词的有些看法，曾被奉为经典之论。譬如他批评宋代诗歌，以理入诗，“味同嚼蜡”。和唐诗相比，宋诗当然逊色很多，然而说宋人所写之诗“味同嚼蜡”，当然不见得如此。

中国的格律诗，总体上在唐代登峰造极，达到无法超越的地步。宋诗其实是唐诗的延续，宋代有一些优秀的诗人，他们的创作可与唐人媲美，譬如苏东坡、王安石、陆游、范仲淹、范成大。宋诗中，情景交融、意境优美的作品俯拾皆是。我可以随意列举几首。

徐俯《春游湖》："双飞燕子几时回？夹岸桃花蘸水开。春雨断桥人不度，小舟撑出柳荫来。"这样清新美妙的七绝，即使放到唐诗中，也是上佳之作。这首诗使我联想起唐人韦应物的《滁州西涧》，其中"小舟撑出柳荫来"和韦应物的"野渡无人舟自横"，可以说相映成趣，都是写江南春景，韦应物是无人之景，徐俯诗中有人驾舟，却都写出乡野宁静安谧的景色，同样令人神往。

曾几《三衢道中》："梅子黄时日日清，小溪泛尽却山行。绿荫不减来时路，添得黄鹂四五声。"诗人走在山路上看风景，被沿途的天籁陶醉，写得浑然天成，情趣盎然。

叶绍翁《游园不值》："应怜屐齿印苍苔，小扣柴扉久不开。春色满园关不住，一枝红杏出墙来。"这是一首流传很广的宋诗，以"一枝红杏"渲染出"春色满园”，可谓“以小景传大景之神”。

杨万里《小池》：“泉眼无声惜细流，树阴照水爱晴柔。小荷才露尖尖角，早有蜻蜓立上头。”这也是脍炙人口的作品，“小荷才露尖尖角”，已被后人转喻为新人的才华初露。

宋诗中，有不少写乡村农家日常生活的作品，文字朴素却色彩丰富，韵味浓郁，写得清新自然，读来至今仍让人感觉亲切。如范成大《四时田园杂兴》：“昼出耘田夜绩麻，村庄儿女各当家。童孙未解供耕织，也傍桑荫学种瓜。”翁卷《乡村四月》：“绿遍山原白满川，子规声里雨如烟。乡村四月闲人少，才了蚕桑又插田。”虞似良《横溪堂春晓》：“一把青秧趁手青，轻烟漠漠雨冥冥。东风染尽三千顷，白鹭飞来无处停。”

以上这些宋诗，有唐诗遗韵，情感真挚，意象清新，并非“以理入诗”，没有人会说它们“味同嚼蜡”。在浩瀚的宋诗佳作中，它们不过是沧海一粟。

清代纪昀曾评说宋人“鄙唐人不知道，于是以论理为本，以修辞为末，而诗格于是乎大变”。宋代理学兴盛，宋人不满唐诗的写景抒情，写哲理诗一时成风。宋人作诗“以理入诗”，却未必“味同嚼蜡”，宋代哲理诗中，不乏经典名篇。最著名的几首，在中国流传数百年生命力不衰。譬如苏东坡的《题西林壁》：“横看成岭侧成峰，远近高低各不同。不识庐山真面目，只缘身在此山中。”譬如朱熹的《观书有感》：“半亩方塘一鉴开，天光云影共徘徊。问渠那得清如许，为有源头活水来。”这些哲理诗名篇，构思奇妙，含意深邃，令人回味无穷，早已成为中国人智慧的象征。

宋代的文学巅峰，是词，那是前无古人的创造，可以和唐诗比肩。其实，词也是诗，在我的视野中，宋诗和宋词，是一个难以分割的整体。写出美妙词章的诗人们，怎么可能一写诗就“味同嚼蜡”呢？

（2008 年 1 月 24 日）

除夕诗意

去年除夕夜，手机中收到来自天南海北的贺年短信，这是新时代的贺年方式。女诗人舒婷发给我的短信与众不同，不是时髦的祝辞，而是孔尚任的一首七律：

萧疏白发不盈颠，守岁围炉竟废眠。
剪烛催干消夜酒，倾囊分遍买春钱。
听烧爆竹童心在，看换桃符老兴偏。

鼓角梅花添一部，五更欢笑拜新年。

孔尚任这首诗，题为《甲午元旦》，其实还是写除夕夜的欢乐情景，全家围炉守岁，喝酒，发压岁钱，放爆竹，换桃符，诗中的气氛欢乐而浓郁。这是我喜欢的一首写除夕守岁的诗。古人诗中，表现除夕之夜欢乐景象的诗不少，譬如白居易的《三年除夜》："晰晰燎火光，氲氲腊酒香。嗤嗤童稚戏，迢迢岁夜长。堂上书帐前，长幼合成行。以我年最长，次第来称觞。"白居易的除夕诗和孔尚任的《甲午元旦》异曲同工，描绘了一个大家庭一起喝酒守岁的情景，有火光，有酒香，有歌声，好不热闹。此诗的后四句，朴素如白话，却是一幅过年的风俗画：全家老幼按辈分排着队，来给最年长的诗人敬酒拜年。

不过，读古诗多了，发现古人写除夕的诗，还是情绪悲苦的居多。动荡战乱年代，每逢过年，更添几分愁思。且看唐人高适在旅途中写《除夜作》："旅馆寒灯独不眠，客心何事转凄然？故乡今夜思千里，霜鬓明朝又一年。”这样的除夕，没有一点过年的欢乐气氛，身在异乡，孤身羁旅，面对寒灯思念故乡，感慨岁月飞逝，霜染鬓发，生命老去。另一位唐代诗人来鹄也写过《除夜》：“事关休戚已成空，万里相思一夜中。愁到晓鸡声绝后，又将憔悴见春风。”这首诗和高适的《除夜作》情绪和意境相近，一个哀叹“霜鬓明朝又一年”，一个担心天亮后“又将憔悴见春风”。戴叔伦也曾在旅途中过除夕，他的《除夜宿石头驿》，和前面两首诗情调类似：“旅馆谁相问？寒灯独可亲。一年将尽夜，万里未归人。寥落悲前事，支离笑此身。愁颜与衰鬓，明日又逢春。”在除夕之夜，如果读到的都是这样的诗，恐怕会破坏了过年的喜气。然而国难兵灾之时，过年总是忧患多于喜气。记得当年在乡下插队落户时，一次偶然读到清人黄景仁的《癸巳除夕偶成》：“千家笑语漏迟迟，忧患潜从物外知。悄立市桥人不识，一星如月看多时。”在海岛长堤上独自仰望星空，吟诵着这样的诗句，心里生出愁绪，也生出感动和共鸣。

文人过年，还是不忘文章事。明代才子文徵明写过《除夕》，是一个文人生活的写照："人家除夕正忙时，我自挑灯拣旧诗。莫笑书生太迂腐，一年功事是文词。"在书房里读这样的诗，我面对着书和电脑会心一笑。

（2008 年 1 月 31 日）

爆竹、屠苏和桃符

关于春节的古诗，现代中国人最熟悉的，大概首推王安石的《元日》："爆竹声中一岁除，春风送暖入屠苏。千门万户曈曈日，总把新桃换旧符。"这首诗写得热闹生动，有新年的欢乐气息，也有清新的含意，因此在民间广为传诵，历经数代而难以被人遗忘。

王安石这首诗中，出现了三个和春节有关的具体意象：爆竹、屠苏和桃符。这是中国人过年的习俗。爆竹是发明火药的中国人的一个创造，过年放爆竹的习俗，千百年来延续至今，是中国人除旧迎新的特殊方式。除夕夜，新年钟声敲响时，中国大地上四面八方响起的鞭炮声，也许是地球上最热闹的声音。春节早晨起来，地上到处可见鞭炮的残屑。记得很多年前，我曾为《文汇报》的春节画刊题诗，其中有幅版画：画面无人，有的只是农家院门，门上贴着红春联，门前一地鞭炮的碎屑。我的诗句写些什么已经淡忘，但那画面还清晰地记得，这画面的含意，外国人看不懂，中国人一看就知道是过春节。这幅画的情景，其实可以用古人的诗句来描绘："新历才将半纸开，小庭犹聚爆竿灰。"这是唐代诗人来鹄的诗句。元代大书画家赵子昂也有一首七绝写春节放爆竹，写得比王安石热闹得多："纷纷灿烂如星陨，霍霍喧豗似火攻。"关于爆竹，范成大的《爆竹行》写得最详细，诗中写的是除夕夜燃放爆竹的过程，如果用来描绘现代人迎新春时的喧闹景象和内心祈祷，也无不可："食残豆粥扫尘罢，截筒五尺煨以薪。节间汗流火力透，健仆取将仍疾走。儿童却立避其锋，当阶击地雷霆吼。一声两声百鬼惊，三声四声鬼巢倾。十声连百神道宁，八方上下皆和平。却拾焦头叠床底，犹有余威可驱疠。”范成大诗中的爆竹，是将竹竿在火中烤热后击地爆炸，发出“雷霆吼”，这是真正的爆竹。用纸和火药制鞭炮，大概是后来的事情了。

王安石《元日》诗中写到的“屠苏”，一说是指酒。屠苏酒，据说是用一种叫屠苏的草浸泡的酒，只是现在无人知晓屠苏草为何物，有人认为这就是江南一代的茅草。也有另一种说法，屠苏是一座草庵名，有人在庵中浸泡成药酒，能健身强骨，此酒便被称为屠苏酒。古时风俗，正月初一全家老小要聚在一起喝屠苏酒，先幼后长，轮流敬酒，最老的长辈总是最后喝。苏子由晚年诗中曾写“年年最后饮屠苏，不觉年来七十余”，描写的就是这种习俗。

“总把新桃换旧符”，说的是桃符。桃符是画着神像、写有神像名字的桃木板，也就是门神。正月初一清晨，将桃符挂在门上迎新避邪，这也是古代民间的一种习俗。到后来，其实是用写在红纸上的春联替代了古时的桃符。王安石这句诗，近代很多人有想象力丰富的解读，说这是指新生事物总是要取代没落事物，表现了诗人鼓吹改革的先进思想。这样的解读，联系王安石的身世经历，不算牵强，不过，在这首诗中我感受更多的还是迎接新春的欢悦。

陆游的七绝《除夜雪》，写的也是除夕夜守岁迎春节："北风吹雪四更初，嘉瑞天教及岁除。半盏屠苏犹未举，灯前小草写桃符。"诗中所涉，正是王安石《元日》中的屠苏和桃符。窗外大雪纷飞，诗人独自在屋里喝酒写春联，迎接新年来临。这首诗虽没有《元日》的欢庆气氛，却是过年时一个寂寞文人形象的生动写照。

（2008 年 2 月 7 日）

李杜双星会

李白和杜甫的相遇与交往，被认为是中国文学史中最重要的一件大事。两位同时代的伟大诗人，互相碰撞出的耀眼火花，以及他们之间的友情，在中国诗坛传颂了一千两百多年，至今还在被人津津乐道。

闻一多在《杜甫》一文中曾这样评论李白和杜甫的相聚："我们四千年的历史里，除了孔子见老子（假如他们是见过面的），没有比这两人的会面，更重大、更神圣、更可纪念的。我们再逼紧我们的想象，譬如说，青天里太阳和月亮走碰了头，那么，尘世上不知要焚起多少香案，不知有多少人要望天遥拜，说是皇天的祥瑞。如今李白和杜甫——诗中的两曜，劈面走来了，我们看去，不比那天空的异瑞一样的神奇、一样的有重大意义吗？”闻一多的评论很夸张，是诗人对诗人的评论。不过细想一下，这两位大诗人相遇，确实是千载难逢的事件。那时没有新闻媒体，不会对这样的相遇作任何报道，也没有人描绘他们见面的情景和交往的细节，后人只能通过两个人的相关诗作来想象。我读过很多种李白和杜甫的传记和评传，关于李杜的交往的描述，多来自他们的诗歌。

李白和杜甫公元744年在洛阳相遇，其时李白44岁，杜甫33岁。两位大诗人都以赤子之心相待，一拍即合。他们结伴出游，诗酒会心。杜甫《与李十二白同寻范十隐居》中，有关于他们真挚友谊的描述：“余亦东蒙客，怜君如弟兄。醉眠秋共被，携手日同行。”李杜相处的时间极短，却互相倾慕、互相理解，并将文人间这种珍贵的友谊保持终身。“白也诗无敌，飘然思不群”，“笔落惊风雨，诗成泣鬼神”，这是年轻的杜甫对李白的赞叹。“不愿论簪笏，悠悠沧海情”，这是诗人对诗艺和友情的见解。而李白没有因为年长于杜甫而摆架子，两人结伴同游齐鲁，陶醉于山水，分手后，互寄诗笺倾诉别情。李白诗曰：“思君若汶水，浩荡寄南征。”杜甫也以诗抒怀：“寂寞书斋里，终朝独尔思”，“罢席惆怅月照席，几岁寄我空中书？”李杜之间的友情一如高山流水，随他们的美妙诗句而绵延不绝。

杜甫诗和李白有关的有二十首，其中很多情意真挚之作。他的《寄李十二白二十韵》，是怀念被流放的李白，既抒情，也叙事，洋洋四十行，可以说是一部李白的诗体传记，诗中有对李白由衷的赞美，也有对他怀才不遇的同情：

昔年有狂客，号尔谪仙人。笔落惊风雨，诗成泣鬼神。声名从此大，汩没一朝伸。文彩承殊渥，流传必绝伦。龙舟移棹晚，兽锦夺袍新。白日来深殿，青云满后尘。乞归优诏许，遇我宿心亲。未负幽栖志，兼全宠辱身。剧谈怜野逸，嗜酒见天真。醉舞梁园夜，行歌泗水春。才高心不展，道屈善无邻。处士祢衡俊，诸生原宪贫。稻粱求未足，薏苡谤何频。五岭炎蒸地，三危放逐臣。几年遭鵩鸟，独泣向麒麟。苏武先还汉，黄公岂事秦。楚筵辞醴日，梁狱上书辰。已用当时法，谁将此义陈。老吟秋月下，病起暮江滨。莫怪恩波隔，乘槎与问津。

李白诗中提到杜甫的，留存很少，只有四首，但诗中的感情同样深沉饱满。譬如他的《秋日鲁郡尧祠亭上宴别杜补阙范侍御》：

我觉秋兴逸，谁云秋兴悲？山将落日去，水与晴空宜。鲁酒白玉壶，送行驻金羁。歇鞍憩古木，解带挂横枝。歌鼓川上亭，曲度神飙吹。云归碧海夕，雁没青天时。相失各万里，茫然空尔思。

最后那两句，读来让人心酸，可见李白对杜甫的珍惜。

（2008年2月14日）

早春消息

暖风徐来，冰雪消融，春意在大地上悄悄蔓延。春意最早在什么地方露头？苏东坡有名句，“春江水暖鸭先知”，在河里游泳戏水的鸭子最先感知到温暖的春意。这其实是诗人的想象，苏东坡诗中没有具体描绘鸭子们如何感知春意，但就这么巧妙一点，已经可以让人联想春意如何不动声色地悄然而至。鸭子们在水中欢腾的模样，读者可以自己去想象，那一片被欢快的脚掌和翅膀搅动的春水，正带着春天的暖意，缓缓而来。苏东坡写早春景象的佳句，在他的词中也有，“东风有信无人见，露微意，柳际花边”，东风是早春信使，吹得柳绿花发。鸭戏春水，表现的是瞬间景象，而东风播春，却是一段较长的时空。诗人对春的观察细致入微，从微观到宏观，从有形到无形。

古人描绘大自然最初春意的佳句，可以举出很多。李白的《宫中行乐词》中，有两句写得传神：“寒雪梅中尽，春风柳上归。”寒冬的冰雪在梅花的幽香中消融，柳条在和煦春风中爆出了金黄嫩绿，这也是最早的春的消息。同样意境的诗，李白的还有，《早春寄王汉阳》中的“闻道春还未相识，走傍寒梅访消息”；《落日忆山中》中的“东风随春归，发我枝上花”。杜甫的《腊日》中也有两句妙诗，和李白的诗意异曲同工：“侵陵雪色还萱草，漏泄春光有柳条。”这样的早春诗意，李清照也感受到了：“暖日晴风初破冻。柳眼梅腮，已觉春心动。”从绿和梅在暖风中的变化中感觉“春心动”，是李清照的创造。宋人张耒的《春日》中有两句写得很生动：“残雪暗随冰笋滴，新春偷向柳梢归。”在冰棱滴水融化中，看到冬天已悄悄过去；从柳梢的新绿中，发现春天已偷偷归来。同样的意境，也可以在宋人张栻《立春偶成》中看到：“律回岁晚冰霜少，春到人间草木知。”“春到人间草木知”和“春江水暖鸭先知”，属于相类的思路，“草木知”也可引读者的丰富联想：春风中，草木复苏，大地泛出新绿。韩愈咏春，曾写道：“草树知春不久归，百般红紫斗芳菲。”也是草树知春，不过却已经春深似海了。他这首诗题为《晚春》，所以会有万紫千红的景象。

韩愈的《春雪》写的也是早春景色，却与众不同：“新年都未有芳华，二月初惊见草芽。白雪却嫌春色晚，故穿庭树作飞花。”二月初，正是春之头，在刚刚解冻的田野里看到草芽，心生惊喜。对盼春心切的人来说，这一丝春色初露，实在不过瘾。于是诗人笔锋一转，请来了白雪，这当然是春雪，是冬天的尾巴。雪花在已经萌动春芽的草木间飞舞，仿佛是在向诗人昭示春花烂漫的盛景。

多年前我曾以《早春》为题写过一组短诗，每首六行，写这些诗时，眼前漾动着大自然的春意，心里也出现古人的诗句。去年我在《光明日报》发表的组诗，引起了很多读者的共鸣。其中的《芦芽》，描绘的是我当年下乡插队落户时的感受，每年初春，看到河边芦苇发芽，总是心生喜悦和希冀：

出土便是宣判冬天的末日，
尽管寒风仍在江边呼啸横行。
纤细的幼芽竟能冲破冻土，
地下搏动着何等强韧的春心。
不要再为自己的柔弱哀叹，
且看这遍野迎风而长的生命。

（2008 年 2 月 28 日）

春在溪头荠菜花

满眼不堪三月暮，举头已觉千山绿。

这是辛弃疾《满江红》中的两句，把早春三月的气象写得气韵十足。举头满眼春色，千峰万岭皆绿。以这样阔大的气势表现春色，体现了这位豪放派词人的风格。不过，我更喜欢他另一阕写春光的《鹧鸪天》："陌上柔桑破嫩芽，东邻蚕种已生些。平冈细草鸣黄犊，斜日寒林点暮鸦。山远近，路横斜，青旗沽酒有人家。城中桃李愁风雨，春在溪头荠菜花。"

这是一幅描绘春景的工笔画，有远景，有近景，有天籁声色，也有人间烟火。最让人读而难忘的是最末一句："春在溪头荠菜花。"春天的脚步，就落在溪边那些不起眼的小小荠菜花上。在乡间，我见过河畔路边的荠菜花，那是米粒大小的白色野花，星星点点，可亲可近，它们在使我感受春色降临的同时，很自然地想起辛弃疾的这句。古人写春天的诗词中，"春在溪头荠菜花"是最动人的句子之一，如此朴素平淡，却道出了春天铺天盖地而来的魅力。

韩愈的《早春呈水部张十八员外》和辛弃疾的荠菜花有异曲同工之妙。韩愈诗中写的是春天的小草："天街小雨润如酥，草色遥看近却无。最是一年春好处，绝胜烟柳满皇都。"此诗中最妙一句是"草色遥看近却无"，春雨中，绿草悄然萌发细芽，远看一片青翠，近处却看不真切，若有似无，撩人遐想。韩愈认为，这样的乡野草色，远胜过京城烟柳。

古人咏春，注重自然的细节变化，辛弃疾的荠菜花，韩愈的草色，都是成功的范例。春风中，天地间万物复苏，到处是生命的歌唱。在古老的《诗经》中，已能听到诗人在春色中抒情：“春日迟迟，卉木萋萋。仓庚喈喈，采蘩祁祁。”春日来临时，花木葳蕤，百鸟鸣唱，一派生机盎然。宋人姜夔游春，被麦田中的绿色陶醉：“过春风十里，尽荠麦青青。”唐人李山甫咏春景，也写得有趣：“有时三点两点雨，到处十枝五枝花。”这是清明时节的风景。朱熹的《春日》中有名句：“等闲识得东风面，万紫千红总是春。”那是春深似海的景象了。

李贺也曾被春天的美景陶醉，他那首题为《南园》的七绝写得优美细腻：“春水初生乳燕飞，黄蜂小尾扑花归。窗含远色通书幌，鱼拥香钩近石矶。”诗中写到春水、乳燕、蜜蜂、花、鱼，意象缤纷，春意灵动。

古人的咏春诗中，有不少写人和自然的交融，这又是另一番情韵。杜牧的《江南春》可谓妇孺皆知：“千里莺啼绿映红，水村山郭酒旗风。南朝四百八十寺，多少楼台烟雨中。”这首诗中，自然美色和人世风景在春日烟雨中融为一体，犹如一幅彩墨长卷。清人高鼎的《村居》，也是写春景，却是另一种风格的风情画："草长莺飞二月天，拂堤杨柳醉春烟。儿童散学归来早，忙趁东风放纸鸢。"青山绿水中，孩童在柳烟中奔跑，风筝在蓝天上飘飞，春天把生机和欢乐带到了人间。

（2008年3月6日）

依依别情

多情自古伤离别。

年轻时读古诗，曾记下很多写离情别意的诗句，至今无法忘怀。

“悲莫悲兮生别离，乐莫乐兮新相知。”这是屈原《九歌》中的句子，是我读到的古代诗人中最早写别情的佳句。汉代的《古诗十九首》中，也有一些写离情的诗句，如“相去日已远，衣带日已缓”“此物何足贵，但感别经时”“以胶投漆中，谁能别离此”。

这些写离别的诗句，朴素、直接，也很生动，以胶漆难离，比喻人的难分难舍，是汉代民间诗人的绝妙创造。

到唐代诗人们的笔下，就有了更多充满想象力的离愁别情，有些诗句，读来不仅让人心生共鸣，甚至让人心颤。李白和杜甫的诗篇都有这方面的杰作。李白："东流若未尽，应见别离情。"杜甫："不敢要佳句，愁来赋别离。"李白："春风知别苦，不教柳条青。"杜甫："感时花溅泪，恨别鸟惊心。"李白："狂风吹我心，西挂咸阳树。"杜甫："死别已吞声，生别常恻恻。"而杜甫这后面两句，是他梦见李白后写下的诗篇，情真意挚。如要搜集唐诗宋词中这类伤感诗句，绝不是一篇短文能容纳的。在我记忆中，最令人心惊的，是唐代无名氏的两句："君看陌上梅花红，尽是离人眼中血。"在多情离人的眼中，红梅竟成血！

不过，别以为古人写离别都是悲戚哀伤，也有另类。最出名的当然是汪伦踏歌送行，让李白发出"桃花潭水深千尺，不及汪伦送我情"之叹。宋人毛滂曾以这样的诗句赠别:"赠君明月满前溪,直到西湖畔。"我喜欢这两句,多年前曾以此题赠远行的友人。

现代人表达离别之情的言语,无非是"我很想你"之类,和古人的诗句一比,既寒酸,又不艺术。有时想想,真有点为想象力的退化而惭愧。

精品栏目荟萃

《副刊面面观》

《心香一瓣》

《纽约客闲话精选集　一》

《多味斋》

《文艺地图之一城风月向来人》

《书评面面观》

《上海的时光容器》

《谈艺录》

《问学录》

《名人之后》

《纽约客闲话精选集　二》

《编辑丛谈》

《本命年笔谈》

《国宝华光》

《半日闲谭》

《这么近，那么远》

《群星闪耀》

《深圳，唤起城市的记忆》

个人作品精选

《踏歌行》

《家园与乡愁》

《我画文人肖像》

《茶事一年间》

《好在共一城风雨》

《从第一槌开始》

《碰上的缘分》

《抓在手里的阳光》

《阿Q正传》

《风吹书香》

《书犹如此》

《泥手赠来》

《住在凉山上》

《老解观象》

《犄角旮旯天津卫》

《歌剧幕后的故事》

《色香味居梦影录》

《走读生》

《回家》

《武艺十八般》

《一味斋书话》

《收藏是一种记忆》

《沙坪的酒》

《花树下的旧时光》

《嘉兴人与事》

《“闲话”之闲话》

《红高粱西行》

《丽宏读诗》

《流水寄情》

《我从〈大地〉走来》

《守望知识之狮》

《慢下来，发现风景》

《有时悲伤，有时宁静》

《装帧如花》